U0093545

精修版

無師自通
易學就會

第一次學法語超簡單！

林曉葳 ◎編著

從零開始
1秒
開口說

前言

好快！一天就會說法語

學法語，很多人就會聯想到枯燥的發音練習，似乎那是一條漫長的路。也因此，對一般有心學好法語入門者，或是曾經學過法語有過挫敗經驗的人來說，怎麼走出第一步，或是再跨出第二步，都是相當重要的問題。

本書是為了符合沒有法語發音基礎的人，在沒有任何學習壓力下，馬上開口說法語，世界各國走透透。於是，利用中文當注音這一個小把戲，讓學法語變得好輕鬆、好自然。

學好法文的關鍵就在單字會話

本書特為零基礎法文學習者編著，從法文單字會話學起，精心收集法國人使用頻率最高的2000個單字，採中文拼音輔助，依據情境、分類編排，快速掌握必備單字會話，很快的法文就能流利上口。

用耳朵加強聽說能力

為加強學習效果，最好能搭配本書的精質MP3，學習純正道地的法文，有助你掌握實際的發音技巧，加強聽說能力。

中法對照，中文唸一遍、法文唸兩遍

MP3內容為中法對照，中文唸一遍、法文唸兩遍，請讀者注意法語老師的唸法，跟著老師的發音覆誦練習，才能講出最標準的發音，反覆練習，自然說出一口流利法文。

簡易中文拼音法，懂中文就會說法語

走在時尚尖端的花都巴黎、浪漫的普羅旺斯，洋溢濃濃的異國風情，吸引各地的觀光客前往一遊。隨著中法兩地經貿往來的密切，也有不少到法國留學、遊學、洽公、商務的人士。能懂些基礎法語，觀光、經商、工作都能更便利。

本書分二部份
第一部是初學法語必備單字；第二部是初學法語基礎會話

第一部是初學法語必備單字：多背單字是初學法語的基本要求，單字懂越多，聽說讀寫能力才能突破，本書內容豐富活潑、簡單易學，是短時間＆高效率的最佳工具書，迅速強化法語的基礎。第一部有系統地將單字分門別類，收錄實用性強、出現頻率最高的2000精華單字。法文部分特加上拼音，懂中文就能開口說法語，易學易懂，可以馬上套用，看中文或拼音，就能立刻說法語，完全沒有學習的負擔，開口流利又道地，輕鬆學好法語。幫助讀者快速學習，達到溝通目的。

學語言最好是在當地的環境，學習效果最佳，如果沒有良好的學習環境，為了造福自學的讀者，本書特聘法籍專業老師，錄製道地的法語，請您多聽MP3內容、邊反覆練習，學習標準的發音和聲調，發揮最佳效果。錄音內容為中文唸一遍、法文唸兩遍，第一遍為正常速度、第二遍唸稍慢，以利讀者覆誦學習，有助你掌握實際的發音技巧，加強聽說能力，學好純正的法語。

不用上補習班，有此一書，搭配精質MP3學習，效果事半功倍，就好像請了一位免費的法語家教，是你自學法語的好幫手。請讀者注意錄音老師的唸法，跟著老師的發音，才能講出最標準的語調，反覆練習，自然說出一口純正的法語。

浪漫、簡單的法語學習書

第二部是初學法語基礎發音、會話：語言是靈活的，學習它，為的是要能享受和人溝通、有情感交流的喜悅。這本法語學習書，就是以幫助讀者充分享受這份喜悅為目標。

本書重點內容

1. **故事性的情境對話**：每一則對話的場景都是你在法國旅遊中會碰到的，隨著對話發展，你將融入會話情境中，有如置身在法國。

2. **會話句型簡單而實用**：學起來很實在，開口就能「溜」出道地的法語。

3. **相關基本句型練習**：加深你的印象，讓你更容易開口說法語。

4. **將和會話情境有關的同類單字**：有系統地整理列出，幫助你記住更多單字。

5. **讀者可以從每一個單元**：對法國有更多的認識，內容兼具知性與感性，能大幅提高你學習法語的興致。

6. **加註中文音標**：即使是初學者，也能輕鬆容易學法語。

7. **清楚的詞性標示，方便學習**：如：v.表動詞；v. pr.表反身動詞；n. m.表名詞陽性；n. f.表名詞陰性；pl.表複數；a.表形容詞；adv.表副詞；loc.表複合詞。

8. **由發音標準的法國老師錄製的精質MP3**：可以幫助你學會優美的語調，發音正確又標準。這是一本完全浪漫的法語學習書，句句簡單、好學又好用。

本書使用方法

[初學法語必備單字]

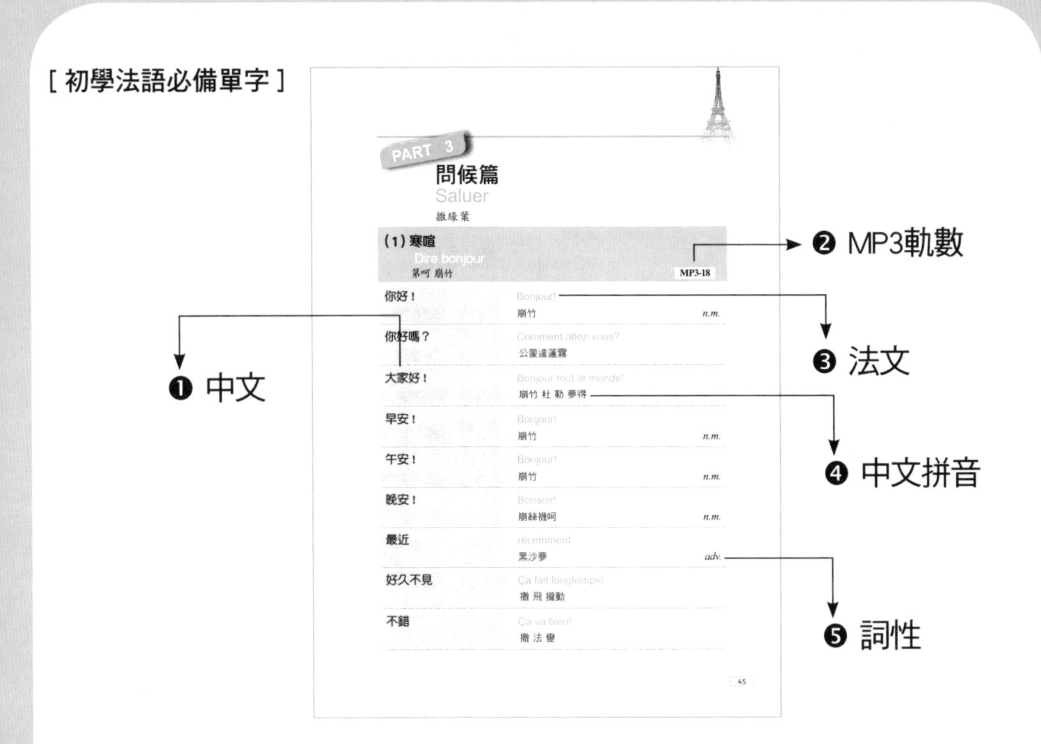
PART 3

問候篇

Saluer

撒綠葉

(1) 寒喧

Dire bonjour

第呵 崩竹

MP3-18

你好！	Bonjour! 崩竹	n.m.
你好嗎？	Comment allez-vous? 公蒙達蓮霧	
大家好！	Bonjour tout le monde! 崩竹 杜 勒 夢得	
早安！	Bonjour! 崩竹	n.m.
午安！	Bonjour! 崩竹	n.m.
晚安！	Bonsoir! 崩絲襪呵	n.m.
最近	récemment 黑沙夢	adv.
好久不見	Ça fait longtemps! 撒 飛 攏動	
不錯	Ça va bien! 撒 法 變	

45

[初學法語基礎發音、會話]

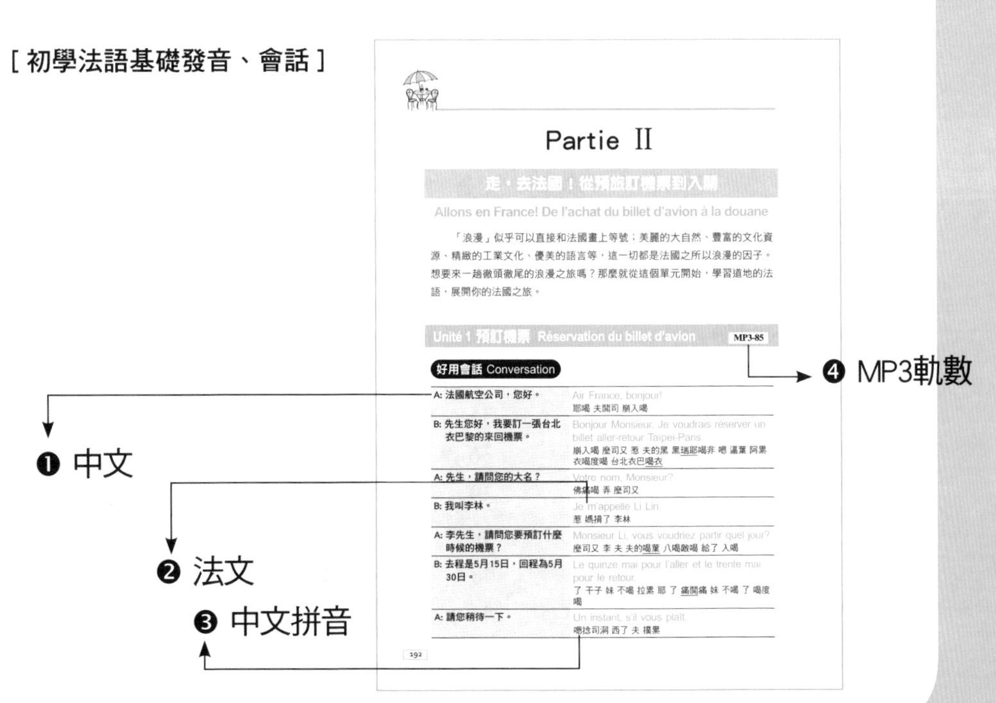
Partie II

走，去法國！從預訂機票到入關

Allons en France! De l'achat du billet d'avion à la douane

「浪漫」似乎可以直接和法國畫上等號；美麗的大自然、豐富的文化資源、精緻的工業文化、優美的語言等，這一切都是法國之所以浪漫的因子。想要來一趟徹頭徹尾的浪漫之旅嗎？那麼就從這個單元開始，學習道地的法語，展開你的法國之旅。

Unité 1 預訂機票 Réservation du billet d'avion MP3-85

好用會話 Conversation

A: 法國航空公司，您好。	Air France, bonjour! 耶喝 夫闌司 崩入喝
B: 先生您好，我要訂一張台北衣巴黎的來回機票。	Bonjour Monsieur. Je voudrais réserver un billet aller-retour Taipei-Paris. 崩入喝 麼司又 惹 夫的黑 黑瑞耶喝非 嗯 逼葉 阿累 衣喝度喝 台北衣巴喝衣
A: 先生，請問您的大名？	Votre nom, Monsieur? 佛特喝 弄 麼司又
B: 我叫李林。	Je m'appelle Li Lin. 惹 媽捐了 李林
A: 李先生，請問您要預訂什麼時候的機票？	Monsieur Li, vous voudrez partir quel jour? 麼司又 李 夫 夫的喝葉 八喝敵喝 給了 入喝
B: 去程是5月15日，回程為5月30日。	Le quinze mai pour l'aller et le trente mai pour le retour. 了 干子 妹 不喝 拉累 耶 了 擴闌擴 妹 不喝 了 喝度喝
A: 請您稍待一下。	Un instant, s'il vous plait. 嗯捻司洞 西了 夫 撲累

192

contents

PART 6

美食篇

Aliment

阿哩夢

PART 7

交通篇

Transport

通思撥禾

PART 8

娛樂活動篇

Divertissant

低微呵低頌

PART 9

學校篇

Ecole

欸夠了

PART 10

上班篇

Travail

他法耶

PART 11

商貿篇

Commerce
宮妹呵司

PART 12

日常生活篇

Vie quoditienne
為 鉤弟弟安呢

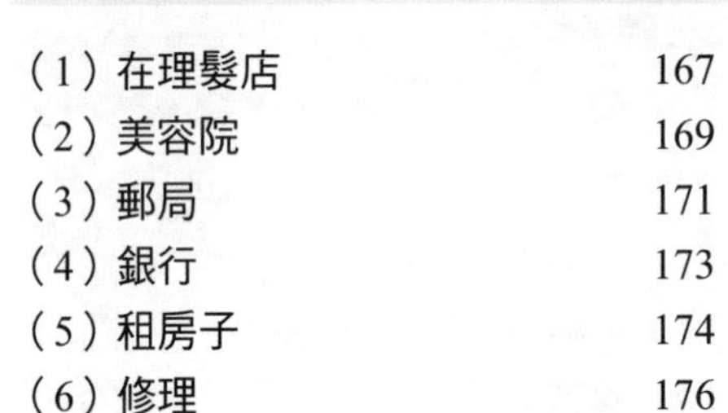

PART 13

人際互動篇

Relation humaine
呵啦秀 淤慢呢

第二部 初學法語基礎 發音、會話

Partie I

Partie II

Partie III

附錄
遊法玩樂大補帖

第一部

初學法語必備單字

常用語篇
Mots usuel
莫 淤徐艾了

(1) 數字
Chiffre
師意負荷

MP3-2

一 *adj.num.*	un, une 按，韻呢
二 *adj.num.*	deux 杜
三 *adj.num.*	trois 凸襪
四 *adj.num.*	quatre 尬特
五 *adj.num.*	cinq 散個
六 *adj.num.*	six 絲意思
七 *adj.num.*	sept 塞特
八 *adj.num.*	huit 預特
九 *adj.num.*	neuf 呢夫
十 *adj.num.*	dix 蒂斯

二十 *adj.num.*	vingt 範特
三十 *adj.num.*	trente 痛的
四十 *adj.num.*	quatrante 卡紅特
五十 *adj.num.*	cinquante 三共特
六十 *adj.num.*	soixante 蘇哇頌特
七十 *adj.num.*	soixante-dix 蘇哇頌特帝斯
八十 *adj.num.*	quatre-vingts 卡特範
九十 *adj.num.*	quatre-vingt-dix 卡特範帝斯
一百 *adj.num.*	cent 頌
一千 *adj.num.*	mille 密了
一萬 *adj.num.*	dix mille 低 密了
百萬 *adj.num.*	milion 咪哩翁
千萬 *adj.num.*	dix million 低 咪哩翁

億 *adj.num.*	cent million 鬆 咪哩翁

(2) 數量詞
Quantité
工地代

MP3-3

一枝筆 *n.m.*	un stylo 按 司低漏
一支牙刷 *n.f.*	une brosse à dent 韻呢 撥赫司 阿 動
一張紙 *n.m.*	un papier 按 巴皮耶
一張桌子 *n.m.*	un table 按 大不樂
一本書 *n.m.*	un livre 按 力福喝
一本筆記本 *n.m.*	un cahier 按 嘎夜
一雙鞋子 *n.f.*	une paire de chaussure 韻呢 被合 的 修續合
一雙襪子 *n.f.*	une paire de chaussette 韻呢 被合 的 修塞特
一個杯子 *n.m.*	un verre 按 為何
一只雞蛋 *n.m.*	un œuf 按 訥福

一個蘋果 *n.f.*	une pomme 韻呢 蹦麼
一串香蕉 *n.m.*	un régime de banane 按 嘿駿麼 的 巴那呢
一匹馬 *n.m.*	un cheval 按 賒法了
一條魚 *n.m.*	un poisson 按 撥哇頌
一頭狗 *n.m.*	un chien 按 縣
一隻鳥 *n.m.*	un oiseau 按 哇奏

（3）節慶

Fête

費的

MP3-4

元旦（1月1日） *n.m.*	Nouvel an (le premier janvier) 努飛隆
主顯節（1月6日） *n.m.*	Epiphanie (le 6 anvier) 艾比發尼
情人節（2月14日） *n.m.*	Saint Valentin (le 14 février) 三 發隆但
復活節（3月底、4月初） *n.m.*	Pâques (de fin mars à fin avril) 霸克
勞動節（5月1日） *n.f.*	Fête du Travail (le premier avril) 費的 的玉 他罰耶

二次世界大戰勝利紀念日（5月8日） *n.f.*	Fête de la victoire de la Seconde Geurre Mondiale (le 8 mai) 費的 的 拉 維克多 的 拉 瑟貢 該合 夢第押樂
母親節（5月的第二個禮拜） *n.f.*	Fête des Mères (deuxième dimanche du mois de mai) 費的 的 妹合
聖靈降臨節（復活節後的第七個週日） *n.f.*	Pentecôte (la septième dimanche après le Pâques) 蹦的夠的
國慶日（7月14日） *n.f.*	Fête National de France (le 14 juillet) 費的 那兒那了 的 福翁司
父親節（8月8日） *n.f.*	Fête de Pères (le 8 août) 費的 的 被合
聖母升天日（8月15日） *n.f.*	Assomption (le 15 août) 阿 鬆普兄
萬聖節（11月1日） *n.f.*	Toussaint (le premier novembre) 杜散
一次世界大戰勝利紀念日（11月11日） *n.m.*	Armistice de la première guerre mondiale (le 11 novembre) 阿合密斯蒂斯 的 拉 婆密耶合 結合 夢第雅了
聖誕節（12月25日） *n.m.*	Noël (le 25 decembre) 諾耶了
亞維農戲劇節 *n.m.*	Festival d'Avignon 飛私地法了 大為農

(4) 國家
Pays
被衣

MP3-5

法國 *n.f.*	France 福翁司
德國 *n.f.*	Allemagne 阿了罵尼
西班牙 *n.f.*	Espagne 耶司霸那
葡萄牙 *n.m.*	Portugal 撥的玉尬了
意大利 *n.f.*	Italie 衣大力
瑞士 *n.f.*	Suisse 私預司
荷蘭 *n.m.*	Pays bas 杯衣霸
比利時 *n.f.*	Belgique 杯了寄個
瑞典 *n.f.*	Suède 司夜的
丹麥 *n.m.*	Danemark 單罵克
美國 *n.m.*	Etats-Unis 耶大淤逆
加拿大 *n.m.*	Canada 嘎那大

台灣 *n.m.*	Taïwan 待萬
越南 *n.m.*	Vietnam 威難
印尼 *n.f.*	Indonésie 安都尼寄
泰國 *n.f.*	Thaïlande 待隆得
馬來西亞 *n.f.*	Malaisie 媽勒資衣
新加坡 *n.m.*	Singapour 三嘎不呵
中國 *n.f.*	Chine 信呢
日本 *n.m.*	Japon 家蹦
韓國 *n.f.*	Corée 鉤嘿
香港 *n.m.*	Hong Kong 哄共
澳門 *n.m.*	Macao 媽靠
印度 *n.f.*	Inde 案的
蘇俄 *n.f.*	Russie 呼淤系

澳洲 *n.f.*	Australie 喔司他力
巴西 *n.m.*	Bresil 杯侍衣了
墨西哥 *n.m.*	Mexique 梅克系個

(5) 疑問詞
Interrogation
安德赫嘎頌

MP3-6

什麼？	Quoi? 瓜
為什麼？	Pourquoi? 不瓜
怎樣？	Comment? 宮蒙
哪一個？	Quel? 蓋了
哪一位？	Qui est-ce? 寄耶死
什麼時候？	Quand? 共
幾點鐘？	Quelle heures? 蓋了合
哪裡？	Où? 物

哪些？	Les quelles? 雷該了
多少？	Combien? 宮變
多少個？	Combien de…? 宮變的
多少錢？	Combien ça coût? 宮變灑故的
你要不要？	Voulez-vous? 府雷府
你想不想？	Tu as envie de...? 的玉阿翁位的
好不好？	D'accord? 打勾
多遠？	Quelle est la distance? 給雷喇低司動司
多久？	Combien de temps? 宮變的動
這是什麼？	Qu'est-ce que c'est? 該司葛塞
那是什麼？	Qu'est-ce que c'est? 該司葛塞
哪個車站？	Quelle station? 該了司搭雄
第幾月台？	Quelle quai? 該了給

(6) 代名詞
Pronom
婆弄

MP3-7

你 *pron.*	tu 的玉
我 *pron.*	je 者
他 *pron.*	il 意了
她 *pron.*	elle 欸了
你們 *pron.*	vous 附
我們 *pron.*	nous 怒
他們 *pron.*	ils 意了
你的 *m./f./pl.*	ton/ ta/ tes 動 / 大 / 代
我的 *m./f./pl.*	mon/ ma/ mes 夢 / 罵 / 妹
他的 *m./f./pl.*	son/ sa/ ses 頌 / 薩 / 塞
這個 *m./f.*	ce(t)/ cette 色 / 塞特
這裡 *adv.*	ici 以系

這些 *pron.*	ces 寫
那些 *pron.*	celles 塞了
那個 *pron.*	cela 色拉
那裡 *adv.*	là-bas 拉爸

(7) 行動
Action
阿克頌

MP3-8

出去 *v.*	sortir 縮合第合
回來 *v.*	revenir 喝佛逆合
吃飯 *v.*	manger 夢杰
吃早餐	prendre le petit déjener 碰特 了 不地 得杰內
吃午餐 *v.*	déjener 得杰內
吃晚餐 *v.*	dîner 低內
吃點心	prendre le dessert 碰特 了 爹謝喝

喝
v.
boire
不哇喝

烹飪
v
cuisiner
咕衣信呢

買東西
faire des course
費合 跌 故合司

洗菜
laver les légumes
拉肥 壘 勒個韻母

帶小孩
occuper des enfants
歐居備 跌 宗鳳

睡覺
v.
dormir
豆合密喝

休息
v.
reposer
喝撥資欸

散步
v.
promener
波麼內

旅遊
v.
voyager
夫哇押解

度假
prendre des vacances
碰特 跌 哇共司

坐下
v.
s'asseoir
撒司哇喝

站立
v.
être debout
耶特 的不

穿戴
v.
mettre
妹特

開門	ouvrir la porte 嗚福系喝 拉 撥合得
關門	fermer la porte 飛合妹 拉 撥合得
上樓 *v.*	monter 夢跌
下樓 *v.*	descendre 爹送的
開車 *v.*	conduire 功德預呵
騎腳踏車	faire du vélo 費合 的玉 威漏
工作 *v.*	travailler 他發夜
製做 *v.*	faire 費合
種植 *v.*	planter 普隆跌
販賣 *v.*	vendre 豐的
購物 *v.*	acheter 阿許跌
交換 *v.*	échanger 耶兄界
借用 *v.*	enprinter 翁潘跌

上學	aller à l'école 阿雷 阿 雷夠了
閱讀 *v.*	lire 力喝
寫字 *v.*	écrire 耶可議和
做功課	faire le devoir 費合 了 的襪
學習 *v.*	apprendre 阿碰的
說話 *v.*	parler 八禾勒
會面 *v.*	rejoindre 喝賺的
等待 *v.*	attendre 阿動的

PART 2

大自然篇

Nature

拿度呵

(1) 時間

Heure

俄呵

MP3-9

一點	une heure 韻訥

兩點	deux heures 杜 色
三點	trois heures 拖哇 色
四點	quatre heures 嘎特呵
五點	cinq heures 桑個呵
六點	six heures 西瑟呵
七點	sept heures 塞得呵
八點	huit heures 淤得呵
九點	neuf heures 呢符呵
十點	dix heures 滴澤呵
十一點	onze heures 翁澤呵
十二點	douze heures 都澤呵
十點半	dix heures et demi 滴 澤呵 唉 得密
六點一刻	six heures et quart 西 瑟呵 唉 得密

一個小時 *n.f.*	une heure 韻訥
半個小時 *n.f.*	une demi heure 於 得密 耶呵
五分鐘 *n.f.*	cinq minutes 桑克咪女得
一刻鐘（十五分鐘） *n.m.*	un quart d'heure 嗯 嘎賀 特呵
差五分鐘到五點	cinq heures moin cinq 桑 個呵 滿 散個
差十五分鐘到兩點	deux heures moin le quart 都 澤呵 滿 勒 嘎呵
時 *n.f.*	heure 餓呵
分 *n.f.*	minute 咪女特
秒 *n.m.*	second 色共得
刻 *n.m.*	quart 嘎呵
今天 *adv.*	aujourd'hui 歐洲的玉
明天 *adv.*	demain 得滿
昨天 *adv.*	hier 耶呵

前天 *adv.*	avant-hier 阿逢鐵呵
後天 *adv.*	après-demain 阿吓得慢
每天	chaque jour 夏個住呵
早上 *n.m.*	matin 馬旦
中午 *n.m.*	midi 咪地
下午 *n.m.*	apès-midi 阿吓咪地
晚上 *n.m.*	soir 絲蛙呵
傍晚 *n.m.*	crépuscule 刻耶披思劇了
過去 *n.m.*	passé 巴賽
現在 *adv.*	maintenant 滿的弄
未來 *n.m*	future 菲特育呵

(2) 日期、月份

Date, Mois

大的，罵

MP3-10

西元紀年	l'an…
n.m.	攏
一月	janvier
n.m	尚飛耶
二月	février
n.m.	飛斧西耶
三月	mars
n.m.	馬賀思
四月	avril
n.m.	阿斧夕了
五月	mai
n.m.	妹
六月	juin
n.m.	轉
七月	juillet
n.m.	焗耶
八月	août
n.m.	物
九月	septembre
n.m.	些普凍普呵
十月	octobre
n.m.	歐克豆補呵

十一月 *n.m.*	novembre 挪風補呵
十二月 *n.m.*	décembre 跌鬆補呵
一月一日	le premier janvier 勒 普彌耶 尚飛耶
三月十五日	le quinze mars 勒 幹思 馬賀思
星期一 *n.m.*	lundi 懶地
星期二 *n.m.*	mardi 馬賀地
星期三 *n.m.*	mercredi 梅刻地
星期四 *n.m.*	jeudi 折地
星期五 *n.m.*	vendredi 翁特地
星期六 *n.m.*	samedi 山姆地
星期日 *n.m.*	dimanche 底夢虛
週末 *n.m.*	week-end 為克燕的
假日 *n.m.*	jour férié 主何 飛席耶

平日 *n.m.*	jour de travail 主何 的 塔蛙雅
這星期	cette semaine 寫的 絲曼呢
上星期	la semaine dernière 拉 絲曼呢 嗲呵尼耶呵
下星期	la semaine prochaine 拉 絲曼呢 普線呢
這個月	ce mois-ci 瑟 曼阿 - 西
上個月	le mois dernier 勒 曼阿 嗲呵尼耶
下個月	le mois prochain 勒 曼阿 普線
今年	cette année 寫的 阿內
去年	l'année dernière 拉內 嗲呵尼耶呵
明年	l'année prochaine 拉內 普線呢
年初	début d'année 跌不遇 打內
年中	milieu d'année 米力歐 打內
年底	fin d'année 飯 打內

（3）氣候
Temps
動

MP3-11

春季 *n.m.*	printemps 潘動
夏季 *n.m.*	été 矮爹
秋季 *n.m.*	automne 歐動呢
冬季 *n.m.*	hiver 衣維呵
乾季	saison sèche 些送 謝虛
雨季	saison de la pluie 些送 的 拉 普綠
彩虹 *n.m.*	arc-en-ciel 阿呵 - 翁 - 洗耶了
閃電 *n.m.*	éclairage 愛克拉阿局
打雷 *n.f.*	tonne 東呢
雲 *n.m.*	nuage 女阿局
烏雲	nuage noire 女阿局 努蛙何

風 *n.m.*	vent 翁
颳風	Il fait du vent. 以勒 飛 對 翁
龍捲風 *n.f.*	tempête 東倍得
霧 *n.m.*	bruillard 不以雅的
起霧	Il fait du bruillard. 以了 非 對 不以雅的
雨 *n.f.*	pluie 普綠
小雨	pluie fine 普綠 飛那
大雨	grosse pluie 夠思 普綠
雪 *n.f.*	neige 內局
霜 *n.f.*	gelée 遮累
晴天	Il fait claire. 以了 飛 克累呵
雨天	Il pleut. 以了 普路
陰天	Il fait sombre. 以了 飛 送不呵

天空 *n.m.*	ciel 謝了
白天 *n.f.*	journée 主何內
晚上（夜裡） *n.f.*	nuit 女易
熱 *adj.*	chaud(e) 瘦
潮濕 *adj.*	humide 淤密的
暖和 *adj.*	doux(douce) 肚（肚思）
涼爽 *adj.*	frais (fraîche) 肥（肥虛）
寒冷 *adj.*	foid(e) 斧蛙（的）
氣溫 *n.f.*	température 冬背阿對呵
濕度 *n.f.*	humidité 淤咪滴對
天氣預報 *n.f.*	météo 咩對歐
高溫 *n.m.*	chaud 瘦
低溫 *n.m.*	froid 斧蛙

氣壓 *n.f.*	atmosphère 阿的默思飛爾

(4) 位置

Position

撥希兄

MP3-12

前 *n.m.*	devant 得逢
後 *n.m.*	derrière 哆呵耶呵
上 *n.m.*	dessus 得續
下 *n.m.*	dessous 得速
右 *n.m.*	droit 特蛙
左 *n.f.*	gauche 夠虛
中間 *n.m.*	milieu 咪留
外面 *n.m.*	dehors 得歐呵
旁邊 *n.m.*	côté 勾爹
對面 *n.f.*	face 法思

側面 *n.m.*	bord 爆呵
隔壁 *n.m.*	côté 勾爹
這裡 *adv.*	ici 以吸
那裡 *adv.*	là-bas 拉爸
東邊 *n.m.*	est 愛思特
西邊 *n.m.*	ouest 衛思特
南邊 *n.m.*	sud 續得
北邊 *n.m.*	nord 諾呵

(5) 天文

Horoscope
喔侯斯夠普

MP3-13

宇宙 *n.m.*	univers 淤泥維絲
地球 *n.f.*	terre 鐵呵
月球 *n.f.*	lune 綠呢

太陽 *n.m.*	soleil 搜累亞
銀河 *n.f.*	galaxy 嘎拉克系
行星 *n.f.*	planète 普藍內的
星星 *n.f.*	étoile 愛斷了
流星 *n.m.*	météore 咩爹歐呵
彗星 *n.f.*	comète 勾妹得
日蝕 *n.f.*	éclipse de soleil 愛克力普斯 的 搜累亞
月蝕 *n.f.*	éclipse de lune 愛克力普斯 的 綠呢
大氣層 *n.f.*	atmosphère 阿特莫斯費呵
赤道 *n.m.*	équateur 愛嘎得呵
北極 *n.m.*	Pôle Nord 波樂 諾呵
南極 *n.m.*	Pôle Sud 波樂 續得
太空 *n.m.*	espace 埃思爸思

太空船 *n.m.*	véhicule spatial 為吸局勒 絲巴西阿了
衛星 *n.f.*	satellite 撒爹力得
水瓶座	Verseau 維呵縮
雙魚座	Poissons 不阿送
牡羊座	Bélier 背里耶
金牛座	Taureau 都厚
雙子座	Gémeaux 結默
巨蟹座	Cancer 公謝呵
獅子座	Lion 里翁
處女座	Vierge 維耶局
天秤座	Balance 巴攏思
天蠍座	Scorpion 思勾何譬翁
射手座	Sagittaire 撒即爹呵

摩羯座	Capricorne 嘎皮夠呵呢

（6）自然景觀
Paysage
杯一薩局

MP3-14

葡萄園 *n.f.*	vigne 維那
麥田 *n.m.*	champ de blé 兇 得 不雷
阿爾卑斯山 *n.f.pl.*	Alpes 阿了普
山 *n.f.*	montagne 蒙大尼
山頂 *n.m.*	sommet 縮妹
山谷 *n.f.*	vallée 瓦烈
山洞 *n.f.*	grotte 勾特
平原 *n.f.*	plane 普藍呢
盆地 *n.f.*	bassine 巴系呢
海 *n.f.*	mer 妹呵

海浪 *n.f.*	vague 瓦格
河流 *n.f.*	rivière 嘿維耶呵
湖 *n.m.*	lac 辣克
溫泉 *n.m.pl.*	thermes 爹麼
瀑布 *n.f.*	chute d'eau 續 豆
島 *n.f.*	île 易了
池塘 *n.m.*	étang 愛動
沙漠 *n.m.*	désert 爹謝呵
綠洲 *n.f.*	oasis 歐系思

(7) 植物

Plant

普隆特

MP3-15

玫瑰 *n.f.*	rose 厚瑟
百合 *n.m.*	lys 力思

水仙 *n.m.*	narcisse 那賀系思
蘭花 *n.f.*	orchidée 歐賀系爹
薰衣草 *n.f.*	lavande 拉縫的
向日葵 *n.m.*	tournesol 都呵呢梭了
鬱金香 *n.f.*	tulipe 都力普
鳶尾花 *n.m.*	iris 衣西思
康乃馨 *n.f.*	carnation 嘎哈內送
罌粟花 *n.m.*	pavot 巴握
天竺葵 *n.m.*	géranium 結哈尼翁
雛菊 *n.f.*	marguerite 媽給呵易特
風信子 *n.f.*	jacinthe 加散特
大波斯菊 *n.m.*	coréopsis 勾黑歐普系思
茉莉 *n.m.*	jasmin 加思曼

荷花 *n.m.*	lotus 羅特育思
長春藤 *n.m.*	lièrre 烈呵
含羞草 *n.m.*	mimosa 咪莫沙
蘆薈 *n.m.*	aloès 阿羅耶
橄欖樹 *n.m.*	olivier 歐里維耶
菩提樹 *n.m.*	arbre de conseil 阿伯呵 的 公賽耶
松樹 *n.m.*	pin 辦
椰子樹 *n.m.*	cocotier 勾勾鐵
棕櫚樹 *n.m.*	palmier 芭樂米耶
梧桐樹 *n.m.*	platane 普拉旦呢
竹子 *n.m.*	bamboo 垹布
仙人掌 *n.m.*	cactus 嘎克特育思
小麥 *n.m.*	blé 不累

花 *n.m.*	fleur 斧樂呵
開花 *n.v.*	fleurir 斧樂系呵
葉子 *n.f.*	feuille 奮亞

(9) 昆蟲
Insecte
安塞克特

MP3-16

蝴蝶 *n.m.*	papillon 巴逼用
蜜蜂 *n.f.*	abeille 阿背也
蚊子 *n.m.*	moustique 目思地個
蒼蠅 *n.f.*	mouche 木須
蟑螂 *n.m.*	cafard 嘎法呵
蚱蜢 *n.f.*	sauterelle 梭得害了
蟋蟀 *n.m.*	grillon 克以翁
螞蟻 *n.f.*	fourmi 浮呵咪

蜘蛛 *n.f.*	araignée 阿黑尼耶

(10) 顏色
Couleur
咕樂呵

MP3-17

黑色 *adj.*	noir(e) 諾蛙呵
白色 *adj.*	blanc (blanche) 不攏（不攏須）
紅色 *adj.*	rouge 護虛
藍色 *adj.*	bleu 不魯
黃色 *adj.*	jaune 若那
粉紅色 *adj.*	rose 厚思
橘色 *adj.*	orange 歐紅須
綠色 *adj.*	vert(e) 維何（得）
紫色 *adj.*	violet(e) 維歐累（得）
咖啡色 *adj.*	café 咖啡

PART 3

問候篇

Saluer

撒綠葉

(1) 寒喧

Dire bonjour

第呵 崩竹

MP3-18

你好！ *n.m.*	Bonjour! 崩竹
你好嗎？	Comment allez-vous? 公蒙達蓮霧
大家好！	Bonjour tout le monde! 崩竹 杜 勒 夢得
早安！ *n.m.*	Bonjour! 崩竹
午安！ *n.m.*	Bonjour! 崩竹
晚安！ *n.m.*	Bonsoir! 崩絲襪呵
最近 *adv.*	récemment 黑沙夢
好久不見	Ça fait longtemps! 撒 飛 攏動
不錯	Ça va bien! 撒 法 變

身體狀況 *n.f.*	condition de santé 公滴兇 的 鬆地
健康 *n.f.*	santé 鬆地
生病	être malade 愛特 媽辣的
精神好	être en forme 愛特 翁 佛賀門
蒼白 *adj.*	pâle 巴勒
好忙 *adj.*	occupé(e) 歐巨背
很累 *adj.*	fatigué(e) 法地給
有空 *adj.*	libre 力不喝
沒空 *adj.*	pris(e) 譬（滋）

(2) 介紹
Présenter
培縱爹

MP3-19

我 *pron.*	je 者
你 *pron.*	tu 的玉

他 *pron.*	il 意了
我們 *pron.*	nous 怒
你們 *pron.*	vous 附
他們 *pron.*	ils 意了
名字 *n.m.*	nom 弄
這位 *pron.*	celui-ci 捨綠 - 系
貴姓？	Quelle-est votre nom de famille? 給雷 佛特 弄 的 法密耶
朋友 *n.*	ami(e) 阿密
男朋友 *n.m.*	petit-ami 不地大密
女朋友 *n.f.*	petite-amie 不地的大密
男性 *n.m.*	homme 歐門
女性 *n.f.*	femme 法門
老師 *n.m.*	professeur 潑飛瑟呵

同事 *n.m./f.*	collègue 勾累個
關照	prendre soin de… 碰特呵 算 的
指教 *n.m.*	commentaire 公夢爹呵

(3) 請求、拜託
Prier
皮耶

MP3-20

請問	Excusez-moi, … 愛克絲克淤結 - 姆蛙
可不可以	Est-ce qu'on peut… 愛絲 拱 布
幫忙 *v.*	aider 愛爹
幫我	Aidez-moi. 愛爹 - 姆蛙
不好意思	Désole de… 爹索累 得
請	s'il vous plaît 西勒 嗚 普雷
不客氣	Il n'y a pas de quoi. 以勒 你 亞 巴 的 掛
借過一下	Excusez-moi. 愛克絲克淤結 - 姆蛙

麻煩你了	S'il vou plaît. 西勒 嗚 普雷
拜託你了	Je compte sur toi. 者 共特 續呵 多阿

(4) 感謝、邀請
Merci, Invitation
梅河西，安非搭雄

MP3-21

謝謝 *n.m.*	merci 梅河西
禮物 *n.m.*	cadeau 嘎豆
請笑納	Prenez-le, s'il vous plaît. 婆內 - 了，希府譜類
約會 *n.m.*	rendez-vous 哄得福
吃飯 *v.*	manger 矇結
看電影 *v.*	aller au cinéma 阿雷 嘔 希內媽
聊天 *v.*	parler 巴禾類
逛街 *v.*	faire du shopping 費呵 德育 修病

(5) 命令、允許
Demander, Permettre
得夢爹，被合妹特

MP3-22

可以	D'accord. 搭夠呵
不可以	Pas d'accord. 八 搭夠呵
不准你……	Tu ne peux pas… 賭 呢 補 巴
不好 *adv.*	Non! 弄
不可能	Ce n'est pas possible! 瑟 餒 巴 撥系補了
你怎麼可以……	Comment tu peux… 公夢 賭 補
都可以	Comme tu veux. 共麼 的與 夫 .
我可不可以……	Est-ce que je peux… 哎思 個 者 補
等一下！ *v.*	Attendez! 阿動跌
安靜一點	Calmez-vous! 咖了妹 - 福
喜歡 *v.*	aimer 嗯妹

討厭 *v.*	detéster 得爹思爹

PART 4
家庭篇
A la maison
阿 拉 梅縱

(1) 屋內格局
Pièces à la maison
皮夜斯 阿 拉 梅縱

MP3-23

單人房 *n.f.*	chambre simple 兄不呵 散補樂
雙人房 *n.f.*	chambre double 兄不呵 杜補樂
套房 *n.m.*	studio 思的淤低歐
客廳 *n.m.*	salon 撒攏
廚房 *n.f.*	cuisine 股淤信呢
房間 *n.f.*	chambre 袖補呵
睡房（臥室）	chambre à coucher 袖補呵 阿 咕謝
主人房	chambre principale 袖補呵 潘希爸了

客房	chambre d'ami 袖補呵 搭密
書房 *n.m.*	bureau 補淤後
洗手間 *n.f.*	salle de bain 薩了 的 辦
陽台 *n.f.*	terrasse 爹哈思
庭院 *n.f.*	cour 固呵
花園 *n.m.*	jardin 嘉禾淡
地下室 *n.m.*	sous-sol 蘇搜了
樓梯 *n.m.*	escalier 哎思該力夜
電梯 *n.m.*	ascenseur 阿松瑟呵
倉庫 *n.m.*	entrepôt 翁特撥歐
酒窖 *n.f.*	cave 尬夫
閣樓 *n.m.*	grenier 柯尼耶
煙囪 *n.f.*	cheminée 賒咪內

火爐 *n.m.*	feu 府餓
車庫 *n.m.*	garage 嘎哈局
門 *n.f.*	porte 撥喝得
窗戶 *n.f.*	fenêtre 佛內特
天花板 *n.m.*	plafond 譜拉鳳
屋頂 *n.m.*	toit 多阿
浴缸 *n.f.*	baignoire 杯諾襪呵
馬桶 *n.f.*	toilette 多哇列特

(2)家居用品

Meuble

莫補了

MP3-24

沙發 *n.m.*	canapé 嘎那被
椅子 *n.f.*	chaise 謝子
折疊椅 *n.f.*	chaise pliante 謝子 補利用的

躺椅 *n.f.*	chaise longue 謝子 攏個
坐墊 *n.m.*	coussin 咕散
書桌 *n.f.*	table de travail 大補了 的 它襪呀
書櫃 *n.f.*	bibliothèque 逼補力歐代課
書架 *n.f.*	étagère à livre 哎大截呵 阿 力符合
電腦桌 *n.f.*	talbe d'ordinateur 大補了 都河滴那得合
穿衣鏡 *n.m.*	moroire longue 米花禾 攏個
梳妝台 *n.f.*	table de dressing 大補了 的 特耶性
窗廉 *n.m.*	rideau 希豆
花瓶 *n.f.*	vase 瓦子
地毯 *n.f.*	moquette 莫皆特
牆壁 *n.m.*	mur 姆玉禾
壁紙 *n.m.*	papier peint 巴皮耶 辦特

海報 *n.f.*	affiche 阿飛衣虛
畫框 *n.m.*	cadre 嘎特
單人床 *n.m.*	lit simple 力 散補樂
雙人床 *n.m.*	lit double 力 杜補樂
彈簧床 *n.m.*	matelas à ressorts 媽的辣 阿 呵嗽
雙層床 *n.m.pl.*	lits superposés 力 蘇淤沛呵撥賊
嬰兒床 *n.m.*	berceau 杯呵嗽
棉被 *n.f.*	couverture 咕肥呵渡河
涼被 *n.f.*	couverture légère 咕肥呵渡河 雷結呵
蠶絲被 *n.f.*	couverture en soie 咕肥呵渡河 翁 蘇哇
毛毯 *n.f.*	couvrante 咕福哄特
草蓆 *n.f.*	natte de roseau 那特 的 後嗽
竹蓆 *n.f.*	natte de bambou 那特 的 崩不

床單 *n.m.*	drap 它
枕頭 *n.m.*	oreiller 歐黑夜
抱枕 *n.m.*	coussin 咕散
水龍頭 *n.m.*	robinet 猴逼內
鬧鐘 *n.m.*	réveil 黑為牙
碗櫃 *n.f.*	placard de cuisine 補拉尬呵 的 咕衣信呢
鞋架 *n.f.*	étagère de chaussure 哎大截呵 的 休思玉呵
衣架 *n.m.*	cintre 散特
煙灰缸 *n.m.*	cendrier 松題耶
垃圾桶 *n.f.*	poubelle 補被了
收納箱 *n.f.*	boîte 補襪的

（3）餐具用品

Couvert

咕肥禾

MP3-25

飯碗 *n.m.*	bol 波樂
湯碗 *n.m.*	grand bol 空 波樂
盤子 *n.m.*	plat 普辣
碟子 *n.f.*	assiette 阿西耶特
筷子 *n.f.pl.*	baguettes 巴結特
免洗筷子 *n.f.pl.*	baguettes jetables 巴結特 結大柏
叉子 *n.f.*	fourchette 副寫特
刀子 *n.m.*	couteau 估鬥
湯匙 *n.m.*	cuiller 居耶
炒菜鍋 *n.f.*	poêle 波樂
鍋鏟 *n.f.*	pelle 被樂
砧板 *n.f.*	planche à découper 布蘭徐 阿 的估被

菜刀 *n.m.*	couperet 估柏嘿
茶壺 *n.f.*	théière 貼衣爺喝
茶杯 *n.f.*	tasse 大師
杯子 *n.m.*	verre 背喝
馬克杯 *n.f.*	grand tasse 空大師
酒杯	coupe de verre 估的被喝
玻璃杯 *n.m.*	verre 被喝
磁杯	verre en porcelaine 被喝 昂 柏蛇連
紙杯	verre en papier 被喝 昂 巴闢爺
餐桌	table à manger 大柏 阿 蒙結
碗櫃	armoir à vaisselle 阿麼 阿 瓦曬了
餐墊	sets de table 謝 的 大柏
餐巾 *n.f.*	serviette 謝為業特

桌巾 *n.f.*	nappe 那柏
餐巾紙	serviette en papier 謝為業特 昂 巴比爺
保鮮膜 *n.m.*	film étirable 份 耶提阿柏
塑膠袋 *n.m.*	sac plastique 殺克 布拉使第克

(4) 電器用品
Electroménager
哎樂克頭梅那杰

MP3-26

電視機 *n.f.*	télé 待勒
冰箱 *n.m.*	frigo 拂衣夠
洗衣機 *n.f.*	machine à laver 碼信呢 阿 拉費
烘衣機 *n.m.*	séchoir 塞刷呵
電熱水器 *n.f.*	chaudière 休笛耶呵
冷氣機 *n.m.*	climatiseur 顆粒媽低撒得呵
錄影機 *n.m.*	magnétoscope 梅都斯夠普

音響 *n.f.*	chaine HiFi 縣呢 嗨壞
收音機 *n.m.*	radio 哈弟歐
錄音機 *n.m.*	magnétophone 媽內都否呢
隨身聽 *n.m.*	baladeur 巴拉得
電風扇 *n.m.*	ventilateur 翁低啦得
吊扇 *n.m.*	ventilateur de plafond 翁低啦得 的 普啦鳳
電話機 *n.m.*	téléphone 德雷鳳呢
答錄機 *n.m.*	répondeur 嘿崩得呵
電燈 *n.f.*	lumière 呂咪夜呵
抽油煙機 *n.f.*	hotte 噢的
電熱爐	plaques de cuisson 不辣個 的 哥淤頌
微波爐 *n.m.*	four à micro-onde 附呵 阿 咪空 甕的
烤箱 *n.m.*	four 附呵

烤麵包機 *n.m.*	toasteur 都斯特呵
電子鍋 *n.m.*	fourneau électrique 附呵漏 哎雷克替個
燜燒鍋 *n.f.*	autocuiseur 歐都歸瑟呵
熱水壺 *n.f.*	bouilloire 不衣襪呵
果汁機 *n.m.*	robot ménager 呵撥 梅那杰
咖啡機 *n.f.*	cafetière 咖啡題耶禾
除濕機 *n.m.*	humidificateur 淤咪低嘎得呵
空氣清淨機 *n.m.*	purificateur d'air 普衣服嘎得 得呵
暖爐 *n.m.*	radiateur 哈底阿得
吹風機 *n.m.*	sèche cheveux 塞刷 賒附
吸塵器 *n.m.*	aspirateur 阿斯逼哈得
照相機 *n.m.*	appareil photo 阿巴嘿影 否豆
數位相機 *n.m.*	appareil photo numérique 阿巴嘿影 否豆 女梅系個

（5）電器配件
Appareil électronique
阿巴嘿搖 哎樂克頭尼克

MP3-27

插頭 *n.f.*	prise 闢使
插座 *n.f.*	prise femelle 闢使 服妹樂
電線 *n.m.*	fil électrique 非 耶樂提克
電池 *n.f.*	batterie 巴特衣
開關 *n.m.*	interrupteur 安第羅特
卡帶 *n.f.*	cassette 卡矖特
分機 *n.f.*	extension 愛克斯但訓
充電器 *n.m.*	chargeur 家這
遙控器 *n.f.*	télécommande 貼壘勾模
使用說明書 *n.m.*	manuel 媽女爺
喇叭 *n.m.*	haut-parleur 歐芭樂
對講機 *n.m.*	walkie-talkie 透期握期

無線電話 *n.m.*	téléphone sans fil 貼雷鳳 松 批
有線電話 *n.m.*	téléphone fix 貼雷鳳 費斯
電話筒 *n.m.*	micro 密摳

(6) 做家事

Faire le ménage

費喝 了 梅那局

MP3-28

圍裙	jupe de menage 局 的 美那局
口罩 *n.f.*	masque 碼斯克
洗碗	faire les vaiselles 肥 雷 瓦曬樂
掃地 *v.*	balayer 巴雷爺
掃把 *n.m.*	balai 巴雷
畚箕 *n.f.*	pelle à pousi 被樂 阿 不溪
雞毛撢子 *n.m.*	plumeau 步履謀
拖把 *n.f.*	vadrouille 瓦度耶

抹布 *n.m.*	chiffon 西風
水桶 *n.m.*	seau 收
擦窗戶	nettoyer la fenêtre 內大 拉 服耐特
玻璃 *n.f.*	glace 格拉屍
木板 *n.m.*	bois 晡阿
紗門	porte munie d'une moustiquaire 柏 玉尼 敦 幕斯迪克
紗窗	fenêtre munie d'une moustiquaire 服耐玉尼 敦 幕斯迪克
擦拭 *v.*	essuyer 耶書耶
刷洗 *v.*	laver 辣背
污垢 *n.f.*	saleté 殺樂貼
灰塵 *n.f.*	poucière 布希爺
收拾（整理） *v.*	ranger 橫謝
整齊 *adj.*	rangé 橫謝

雜亂 *n.m.*	bordel 波河帶了
洗衣服	faire la lessive 費河 拉 雷細夫
乾淨 *adj.*	propre 波普
髒 *adj.*	sale 薩了
濕的 *adj.*	mouillé 幕業
乾的 *adj.*	sec(seche) 賽克（賽需）
曬衣服	sécher les linges 賽謝 雷 爛局
曬衣繩 *n.f.*	corde à linge 估的 阿 爛局
曬衣夾子 *n.f.*	pince à linge 半斯 阿 爛局
折衣服	plier les linges 必耶 壘 爛局
燙衣服	repasser les linges 喝罷協 壘 爛局
縐摺 *n.m.*	pli 不裡
熨斗 *n.m.*	fer à repasser 肥河 阿 喝罷些

燙衣架 *n.f.*	table à repasser 大柏 阿 喝罷些
換洗衣物籃 *n.m.*	coffre à linge 郭服 阿 爛局

(7) 洗澡
Se laver
瑟 啦為

MP3-29

洗頭 *n.m.*	shampooing 想鋪衣
擦背	laver le dos 拉維 樂 都
按摩 *n.m.*	massage 馬殺局
沖洗 *n.m.*	lavage 拉瓦局
淋浴 *n.f.*	douche 度需
泡澡 *n.m.*	bain 半
SPA	eaux thermales 歐 貼荷馬
公共澡堂	bain public 半 逼不立刻
熱水池	bain chaud 半 秀

冷水池	bain froid 半 法
溫水池	bain tiède 半 提耶
蒸汽室 *n.m.*	sauna 嗩吶
體重計 *n.f.*	balance 巴龍斯
更衣室	cabinet de toilette 假兵 的 大雷
泡溫泉	aller aux thermes 阿壘 歐 貼模

(8) 清潔用品
Produit de toilette
婆對易 的 都哇列特
MP3-30

洗髮精 *n.m.*	shampooing 鄉鋪
潤髮精 *n.m.*	après-shampoing 阿陪 鄉鋪
護髮油	huile de cheveux 率 的 修母
沐浴乳 *n.f.*	gel de douche 結的 度需
沐浴鹽 *n.m.*	sel de bain 結 的 半

洗面乳 *n.m.*	gel de visage 結 的 必渣局
洗面皂 *n.m.*	savon de visage 殺蒙 的必渣局
洗手乳 *n.m.*	savon liquide 殺蒙 麗擊
肥皂 *n.m.*	savon 殺蒙
毛巾 *n.f.*	serviette 些米爺的
浴巾 *n.f.*	serviette-éponge 些米爺的 耶迸局
衛生紙	papier toilette 巴皮
面紙 *n.m.*	tissue 第需
梳子 *n.f.*	peigne 並
牙膏 *n.m.*	dentifrice 東帝費斯
牙刷	brosse à dent 不思阿東
刮鬍膏	mousse à raser 幕斯 阿 哈接
洗衣粉 *n.m.*	lessive 列西服

冷洗精	lessive laine et soi 列西服 纜 耶 灑
洗碗精	produit vaisselle 破第 委寫樂
衣物柔軟精 *n.m.*	adoucisseur 阿度溪俄
刷子 *n.f.*	brosse 不歐斯
垃圾袋	sac poubelle 灑克 不白樂
垃圾桶 *n.f.*	poubelle 不白樂
抹布 *n.m.*	chiffon 西風
拖把 *n.f.*	vadrouille 逢度衣
吸塵機 *n.m.*	aspirateur 阿斯必哈特
臉盆 *n.m.*	basin 巴桑
衛生棉 *n.m.*	tampax 東罷課斯
尿布 *n.f.*	serviette 蛇為業喝

(9) 個人用品
Produit personnel
婆對易 培禾搜耐了

MP3-31

手帕 *n.m.*	mouchoir 幕刷
雨傘 *n.m.*	parapluie 巴哈布里
雨衣	manteau imperméable 安被和美
眼鏡 *n.f.pl.*	lunettes 率類特
隱形眼鏡 *n.f.pl.*	lentilles 郎第
太陽眼鏡 *n.f.pl.*	lunettes de soleil 率內 的 所類
口罩 *n.m.*	masque de protection 瑪斯克 的 伯特雄
指甲剪 *n.f.pl.*	pinces à ongles 半斯 阿 用格
安全帽 *n.m.*	casque de moto 假斯克 的 模多
信用卡 *n.f.*	carte de crédit 尬 得 科第
提款卡 *n.f.*	carte bancaire 尬得棒結
護照 *n.m.*	passeport 巴斯部的

身份證	carte d'identité 尬的一東帝爹
學生證	carte d'étudiant 尬 爹第盪
鑰匙 *n.f.*	clé 克雷
打火機 *n.m.*	briquet 必結

(10)文具用品
Papeterie
巴倍的呵意

MP3-32

鉛筆 *n.m.*	crayon 克耶庸
原子筆 *n.m.*	bic 必克
鋼筆 *n.m.*	stylo 私地路
削鉛筆機	taille crayon 大衣 克庸
橡皮擦 *n.f.*	gomme 勾麼
立可白 *n.m.*	blanc 不龍
鉛筆盒	trousse de crayon 度斯 的 克庸

剪刀 *n.f.pl.*	ciseaux 攜手
尺 *n.f.*	règle 嘿格勒
蠟筆	craies à la cire 克耶 阿喇溪喝
筆記本 *n.m.*	cahier 嘎業
便條紙	en-tête 翁第
文件夾 *n.m.*	classeur 克拉色喝
計算機 *n.f.*	calculatrice 咖居拉蒂斯
行事曆 *n.m.*	agenda 阿真打
釘書機 *n.f.*	agrafeuse 阿嘎逢斯
粉筆 *n.f.*	craie 克爺
麥克筆 *n.m.*	marqueur 媽喝各喝
螢光筆 *n.m.*	stabilo 斯大逼漏
迴紋針 *n.f.*	trombone 痛崩呢

圖釘 *n.f.*	punaise 不淤內資
三角尺 *n.f.*	equerre 哀各喝
圓規 *n.m.*	combas 公罷
打洞器 *n.f.*	perforeuse 背喝佛河斯
膠水 *n.f.*	colle 夠了
墊板	planch à découper 不隴西 阿 帶估被
月曆 *n.m.*	calendrier 嘎攏提耶

PART 5

購物篇

Achat

阿下

(1) 衣物

Vêtement

威的夢

MP3-33

內衣	sous-vêtement 蘇 威的夢
胸罩	soutien gorge 蘇天 夠呵局

襯衫 *n.f.*	chemise 賒密子
T 恤 *n.m.*	T-shirt 踢袖
花襯衫	chemise de fleur 賒密子 的 府樂呵
白襯衫	chemise blanc 賒密子 不攏
運動衣	tenue de sport 的女 的 思撥禾
西裝 *n.f.*	costume 勾思的運姆
外套 *n.f.*	veste 為斯特
制服 *n.f.*	uniforme 優妮否禾麼
睡衣 *n.m.*	pyjama 披家罵
毛衣 *n.m.*	pull 譜玉了
棉襖	manteau chinois 夢豆 心努襪
大衣 *n.m.*	manteau 蒙豆
皮大衣	manteau en cuir 蒙豆 翁 古玉禾

斗篷 *n.m.*	cape 尬譜
披肩 *n.m.*	écharpe 艾下譜
泳衣	maillot de bain 媽又 的 辦
長褲 *n.m.*	pantalon 崩大龍
短褲 *n.m.*	short 袖禾特
內褲 *n.f.*	culotte 古玉漏特
牛仔褲 *n.m.*	jean 進
帽子 *n.m.*	chapeau 蝦補噢
草帽	chapeau de paille 蝦補噢 的 爸呀
鴨舌帽 *n.f.*	casquette 嘎思給的
釦子 *n.m.*	boutton 晡動
翻領衣服	vêtement à col resers 威的夢 阿 夠了 呵塞
V 字領	col V 夠了 威

口袋 *n.f.*	poche 撥虛
手套 *n.m.*	gant 共
襪子 *n.f.*	chausette 修塞特
絲襪 *n.m.*	collant 勾龍
絲巾 *n.m.*	foulard 夫辣呵
皮帶 *n.f.*	ceinture 桑德育呵
領帶 *n.f.*	cravate 咖襪的
領帶夾	épingle de cravate 哎半個了 的 咖襪的
棉 *n.m.*	coton 勾動
絲 *n.f.*	soie 蘇哇
麻 *n.m.*	lin 爛
尼龍 *n.m.*	nylon 尼龍
羊毛 *n.f.*	laine 連呢

尺寸 *n.f.*	taille 待優
小號	taille petite 待優 補第
中號	taille médium 待優 咪底按
大號	taille grande 待優 空的
同一尺寸（one size）	seule taille 瑟了 待優
太大	trop grand 偷 控
太小	trop petit 偷 補第
太緊	trop serré 偷 塞黑
寬鬆 *adj.*	large 辣呵局
試穿 *v.*	essayer 哎塞夜
合身	C'est ma taille. 塞 馬 待優
花樣 *n.m.*	dessin 呆散
顏色 *n.f.*	couleur 咕樂

款式 *n.f.*	modèle 模帶了
品牌 *n.f.*	marque 罵呵個
這種	ce genre 拴 中呵
剩下 *n.m.*	reste 黑思的
賣光	tous vendus 杜 翁的玉
更換 *n.f.*	échange 哎兄局
收據 *n.m.*	reçu 呵續
修改 *n.f.*	retouche 呵杜虛
打折 *n.m.*	discount 低思控
拍賣 *n.f.*	solde 搜了的
昂貴 *adj.*	cher 謝呵
便宜 *adj.*	pas cher 八 謝呵

(2) 鞋子

Chaussure

修思預呵

MP3-34

拖鞋 *n.f.*	pantoufle 崩杜甫了
皮鞋 *n.f.pl.*	chaussure (de cuir) 修思預呵（的 咕玉呵）
涼鞋 *n.f.pl.*	sandale 松大了
高跟鞋 *n.f.pl.*	talons hauts 搭龍 噢
運動鞋 *n.f.pl.*	chaussures de sport 修思預呵 的 思撥呵
網球鞋 *n.f.pl.*	chaussures de tennis 修思預呵 的 得尼斯
平底鞋 *n.m.*	talons plats 搭龍
靴子 *n.f.*	botte 撥的
真皮 *n.m.*	cuir 咕玉呵
人工皮	cuir artificiel 咕玉呵 阿呵低飛謝了
鞋帶 *n.m.*	lacet 拉謝
鞋墊 *n.f.*	semelle 瑟妹了

(3) 化粧品

Cosmétique

勾思梅第個

MP3-35

化粧水	lotion tonique 摟兄 都逆個
乳液 *n.f.*	crème 凱莫
防曬油	huile de protection de soleil 玉了 的 波代課兄 的 搜類也
口紅	rouge à lèvres 戶局 阿 列夫赫
眼影	Ombre à paupières 翁不呵 阿 剝皮夜
粉餅	poudre de teint compact 不特呵 的 淡 公爸克特
粉底液	fond de teint fluide 鳳 的 淡 府綠的
粉撲	houppe à poudrer 物普 阿 不特耶
腮紅	fard à joues 法呵 阿 住
眼霜	crème des yeux 可業母 得 就
睫毛膏 *n.m.*	mascara 嗎死嘎哈

眉筆	crayon sourcils 可用 蘇係了
指甲油 *n.m.*	vernis 違逆司
防曬乳	crème solaire protection 可耶母 蒐類呵 波代課凶
保濕產品	soins hydratants 算 依他動
化粧品	produit de maquillage 波的預 的 媽其軋局
香水 *n.m.*	parfum 八呵犯
古龍水	l'eau de cologne 漏 的 鉤龍呢
塗抹在皮膚上	mettre sur la peau 妹特 私玉禾 拉 播
髮膠	gel fixation des cheveux 借了 府一克薩凶 得 賒副
定型液	spray fixation des cheveux 司配 府一克薩凶 得 賒副

(4) 蔬菜

Légume

雷個韻麼

MP3-36

包心菜	chou de milan 數 的 咪龍

白菜 *n.m.*	chou chinois 數 新努襪
小黃瓜 *n.f.*	courgette 估呵界特
南瓜 *n.f.*	citrouille 西兔耶
蕃茄 *n.f.*	tomate 都罵的
菠菜 *n.m.*	épinard 哀逼那
萵苣 *n.f.*	laitue 勒的玉的
花椰菜	chou fleur 數 府樂呵
芹菜 *n.f.*	célérie 塞雷係
荷蘭芹	célérie holandaise 賽雷係 歐龍袋子
玉米 *n.m.*	maïs 媽意思
紅蘿蔔 *n.f.*	carotte 嘎後的
馬鈴薯	pomme de terre 蹦麼 的 帶呵
大蒜 *n.m.*	ail 愛優

茄子 *n.f.*	aubergine 歐敗呵進呢
甜椒	poivron rouge 補挖府哄 戶局
青椒	poivron vert 補挖府哄 為禾
洋蔥 *n.m.*	onion 歐尼翁
豌豆	petit pois 補低 補挖
四季豆（菜豆）	haricots verts 阿西鉤 為禾
地瓜	patate douce 八大的 度死
蘑菇 *n.m.*	champignon 凶逼尼翁
松露 *n.f.*	truffe 土玉夫
蘆筍 *n.f.*	asperge 阿司被呵局
朝鮮薊 *n.m.*	artichaut 阿呵第秀
辣椒 *n.m.*	piment 逼夢
蔥 *n.f.*	civette 西魏的

薑 *n.f.*	gingembre 真中蔔
薄荷 *n.f.*	menthe 夢的
羅勒（九層塔） *n.m.*	basilic 八犀利個
迷迭香 *n.m.*	romarin 荷馬漢
番紅花 *n.m.*	safran 撒府漢
百里香 *n.m.*	thym 第麼
茴香 *n.m.*	fenouil 府怒耶
月桂葉	feuille de laurier 扉頁 的 漏西業
蒔蘿 *n.m.*	aneth 阿內的

（5）水果

Fruit

福役

MP3-37

草莓 *n.f.*	fraise 肥子
櫻桃 *n.f.*	cerise 色希子

奇異果 *n.m.*	kiwi 克衣位
桃子 *n.f.*	pêche 被許
葡萄 *n.m.*	raisin 黑讚
檸檬 *n.m.*	citron 希痛
蘋果 *n.f.*	pomme 蹦麼
葡萄柚 *n.m.*	pamplemousse 蹦補了木死
梨子 *n.f.*	poire 不襪呵
橘子 *n.f.*	mandarine 矇達細呢
杏桃 *n.m.*	abricot 阿補西購
蜜棗 *n.f.*	datte 大的
香蕉 *n.f.*	banane 巴那呢
甜瓜 *n.m.*	melon 麼龍
無花果 *n.f.*	figue 飛衣個

酪梨 *n.m.*	avocat 阿否歐尬
覆盆子 *n.f.*	framboise 豐補襪子
椰子 *n.m.*	coco 鉤購
西瓜 *n.f.*	pastèque 巴斯帶個
木瓜 *n.f.*	papaye 巴巴訝
鳳梨 *n.m.*	ananas 阿那那司

(6) 特產

Spécialité

思杯希阿利斯特

MP3-38

銀器 *n.f.*	argenterie 阿中的戲
銀製餐具	couvert d'argent 估肥呵 搭盒中
骨磁餐具	couvert de porcelaine 宮肥呵 的 撥色連那
水晶藝品	objet cristal 歐補節 克伊斯大了
玻璃器皿	objet en verre 歐補節 翁 肥呵

蕾絲布	étoffe de dentelle 哀豆腐 的 東待了
花瓶 *n.f.*	vase 襪子
古董 *n.m.*	antique 翁地個
老照片	vieux photo 又 否鬥
繪畫 *n.f.*	peinture 班的玉呵
素描 *n.m.*	croquis 摳計
珠寶箱	boîte à bijoux 補襪的 阿 逼朱
絲巾	foulard en soie 夫辣 翁 蘇襪
香水 *n.m.*	parfum 巴呵犯
紀念幣	monnaie mémorial 摸內 每摸西訝了
皮件	objet en cuir 歐補節 翁 股玉呵
香精油	huile d'essence 率了 代頌死
蠟燭 *n.f.*	bougie 晡計

鑰匙圈	porte-clés 撥呵的 科類
相框	cadre de photo 尬特 的 否鬥

(7) 珠寶

Bijou

逼珠

MP3-39

項鍊 *n.m.*	collier 勾梨夜
耳環	boucle d'oreille 布克了 都赫夜
手環 *n.m.*	bracelet 拔撕裂
戒指 *n.f.*	bague 爸個
墜子 *n.m.*	pendentif 崩東帝夫
珍珠 *n.f.*	perle 配合了
翡翠 *n.f.*	jade 架的
玉器 *n.f.*	néphrite 內費特
象牙 *n.m.*	ivoire 衣襪呵

黃金 *n.m.*	or 歐何
銀 *n.m.*	argent 阿呵重
白金 *n.m.*	platine 補啦低呢
鑽石 *n.m.*	diamont 低啊夢
紅寶石 *n.m.*	rubis 呵淤幣
藍寶石 *n.m.*	saphir 撒飛係呵

美食篇
Aliment

阿哩夢

(1) 麵包、糕餅類
Boulangerie; Patisserie

不攏局呵意；八蒂斯呵意

MP3-40

麵包 *n.m.*	pain 半
牛角麵包（可頌） *n.m.*	croissant 誇頌
全麥麵包	pain complet 半 宮補類

棍形麵包 *n.f.*	baguette 巴屆特
吐司 *n.m.*	toast 鬥司的
三明治 *n.m.*	sandwich 松的未取
餅乾 *n.m.*	biscuit 逼司個預
蛋白杏仁甜餅 *n.m.*	macaron 媽嘎鬨
可麗餅 *n.f.*	crêpe 慨波
鬆餅 *n.f.*	gaufre 購府呵
蘇打餅乾 *n.m.*	biscuit à soude 逼司個預 阿 速的
甜甜圈 *n.m.*	beignet 背內
提拉米蘇 *n.m.*	tiramisu 提哈咪速
千層派	mille feuille 密了 副業
水果派	tarte aux fruits 大喝的 偶 撫育
檸檬派	tarte aux citrons 大喝的 偶 西痛

蘋果派	tarte aux pommes 大喝的 偶 蹦麼
水果塔	tarte aux fruits 大喝的 偶 撫育
巧克力慕思	mousse du chocolat 木死 的玉 修鉤辣
巧克力藍莓慕思	mousse du chocolat à la framboise 木死 的玉 修鉤辣 阿 啦 豐補襪子
蛋糕 *n.m.*	gâteau 嘎鬥
水果蛋糕	gâteau aux fruits 嘎鬥 偶 撫育
巧克力蛋糕	gâteau aux chocolats 嘎鬥 偶 修鉤辣
起司蛋糕	tarte au fromage 大喝的 偶 否罵舉
瑪芬蛋糕 *n.f.*	meringue 每信個
海綿蛋糕	gâteau éponge 嘎鬥 哀蹦舉
蛋塔	tarte aux œufs 大喝的 偶 則
奶油泡芙	pâte feuilleté à la crème 罷的 府惡業代 阿 啦 慨麼
乳酪泡芙	pâte feuilleté au fromage 罷的 府惡業代 偶 否罵舉

法國薄餅 *n.f.*	crêpe 慨普

(2) 點心
Dessert
爹塞呵

MP3-41

果凍	fruit gélatineux 撫育 接啦低弄
焦糖布丁	pudding caramélé 撲定 嘎哈摸類
起司（乳酪） *n.m.*	fromage 否罵舉
優格 *n.m.*	yaourt 押物呵
烤栗子	marron grillé 媽閧 可億耶
醃橄欖	olive marinée 歐力府 媽西內
糖漬水果	fruits au sucre 撫育 偶 私玉可
洋芋片 *n.f.pl.*	chips 器普死
巧克力 *n.m.*	chocolat 修鉤辣
糖果 *n.m.*	bonbon 綳蹦

爆米花	pop-corn 怕普控
口香糖	chewing gum 邱應楨
冰淇淋 *n.f.*	glace 葛辣死
香草冰淇淋	glace à la vanille 葛辣死 阿 拉 發逆亞
草莓冰淇淋	glace aux fraises 葛辣死 偶 肥子
霜淇林 *n.m.*	sorbet 蒐呵被

(3) 快餐類

Snake

斯耐克

MP3-42

熱狗	hot-dog 哈特鬥個
炸雞	poulet frit 晡類 府億特
炸薯條 *n.f.*	frites 府億特
炸薯餅	pomme de terre frite 蹦母 的 代呵 府億特
漢堡 *n.m.*	hamburger 翁柏格

雞塊	chicken nugget 欺 肯 那節特
生菜沙拉	salade verte 撒辣的 為合的
玉米濃湯	soupe aux maïs 速普 偶 媽意思
烤香腸	saucisse grillée 嗽係死 可億耶
培根 *n.m.*	bacon 巴共
火腿 *n.m.*	jambon 中蹦
炒蛋	œuf sauté 惡 蒐代
煎蛋 *n.f.*	omelette 歐母類的
水煮蛋	œuf bouilli 惡 晡億

(4) 法國美食
Cuisine française
咕衣資印呢 豐賽思

MP3-43

開胃酒 *n.m.*	apéritif 阿背西地府
前菜	hors-d'œuvre 歐呵 得府呵

主菜	plat de résistance 普啦 的 嘿西斯凍死
尼斯沙拉	salade niçoise 撒辣的 你蘇瓦死
蕃茄沙拉	salade de tomate 撒辣的 的 都罵的
鮮蝦沙拉	salade aux crevette 撒辣的 偶 科位的
蔬菜沙拉	salade verte 撒辣的 為何的
鵝肝醬	foie gras 府挖可阿
燻鮭魚	saumon fumé 蒐夢 府淤妹
酸菜 *n.f.*	choucroute 書庫的
酸豆（續隨子）	poids marinés 補挖 媽西內
酸黃瓜（醋漬小黃瓜）	concombre mariné 公共補 媽西內
烤無花果	figue grillée 非議個 可億耶
燻雞	poulet fumé 晡類 府淤妹
燻鴨肉	canard fumé 嘎那呵 府淤妹

肉凍 *n.f.*	gelée 遮類
火腿拌冷通心粉	macaroni froid aux jambon 媽嘎哄逆 府襪 偶 中蹦
紅酒燴雞	poulet poêlé au vin rouge 晡類 撥類 偶 犯 戶舉
雞排	filet de poulet 飛類 的 晡類
烤雞	poulet grillé 晡類 可億耶
橙鴨	canard à l'orange 嘎那呵 阿 摟鬨舉
烤鴨	canard grillé 嘎那呵 可億耶
松露烤乳鴿	pigeonne rôtie au truffe 逼重呢 侯地 偶 土玉夫
烤羊排	mouton grillée 母動 可億耶
烤羊腿	rôtie de cuissot de mouton 侯地 的 股玉蒐 的 母動
牛排 *n.m.*	bifteck 逼府代課
扁豆燉肉	viande cuite aux haricots 為用的 股玉 偶 阿呵衣 購
燉牛肉	bœuf cuit à l'épice 播府 股玉 阿 雷幣思

醬汁牛舌	langue de bœuf à sauce 隆個 的 播府 阿 嗽死
勃艮第牛肉	bœuf de Bourgogne 播府 的 晡呵購尼
火腿起司派	tarte aux jambon fromage 大喝的 偶 中蹦 否罵舉
普羅旺斯雜燴 *n.m.*	cassoulet 嘎思乎類
松露炒蛋	omlette à la truffe 翁母類的 阿啦 土玉夫
菜肉蛋捲	beignet à légume et viande 背內 阿 雷個韻麼 哀 為用的
起司培根蛋塔	tarte d' œufs au bacon fromange 大喝的 得福 偶 中蹦 否罵舉
番紅花燉飯	riz braisé au safran 呵衣 背賽 偶 撒府漢
烤蝸牛	escargot rôti 哀思嘎呵鉤 侯地
烤田螺	paludine rôti 巴綠地呢 侯地
燴兔肉	lapin cuit 啦半 股玉
烤龍蝦	langouste rôti 隆局思的 侯地
鹽烤鱸魚	perche grillé 被呵許 可億耶

烤魚	poisson grillé 撥挖頌 可億耶
香草煎鱈魚	morue poêlé à la vanille 摸續 撥類 阿 啦 挖逆耶
炸魚	poisson frit 撥挖頌 府億的
烤洋芋	pomme de terre grillée 蹦麼 的 代呵 可億耶
燉蔬菜	ratatouille 哈搭度耶
馬鈴薯泥	purée de pomme de terre 哺育嘿 的 蹦麼 的 代呵
起士火鍋	fondue au fromage 豐的玉 偶 否罵舉
海龍王湯	soupe de Roi-Dragon 速普 的 花 - 他共
馬賽魚湯	bouillabaise 哺一押被子
海鮮濃湯	soupe au fruit de mer 速普 偶 撫育 的 妹呵
洋蔥湯	soupe à l'onion 速普 阿 摟尼翁
羅勒大蒜濃湯	soupe aux poireaux et basilics 速普 偶 撥挖後 哀 八犀利個
蔬菜濃湯	soupe au légume 速普 偶 雷據麼

馬鈴薯湯	soupde à la pomme de terre 速普 阿 啦 蹦麼 的 代呵

(5) 異國料理 Cuisine exotique
咕一資印呢 艾克搜第個

MP3-44

義大利菜	cuisine italienne 咕衣資印呢 衣搭哩案
中國菜	cuisine chinoise 咕衣資印呢 新努襪子
日本菜（料理）	cuisine japonaise 咕衣資印呢 家撥內子
生魚片	poisson cru 撥挖頌 苦玉
壽司 *n.m.*	sushi 蘇喜
義大利麵 *n.m.*	spaghetti 死巴蓋地
千層麵	lasagna 拉薩娘
披薩 *n.f.*	pizza 披薩
西班牙海鮮飯 *n.f.*	paëla 把哀辣
墨魚飯	riz à la seiche 呵衣 阿 啦 賽許

鮮蝦冷湯	soupe glacée aux crevettes 速普 葛啦賽 偶 科位的
魚子醬 *n.m.*	caviar 嘎為訝
烤乳豬	cochonnet grillé 鉤兄耐特 可億耶
韓國烤肉	barbecu koréen 巴呵柏可又 鉤黑暗
小火鍋	petit fondu 撥地 否的玉

(6) 肉類
Viande
為用的

MP3-45

雞肉 *n.m.*	poulet 晡類
雞腿	cuisse de poulet 股玉思 的 晡類
雞翅膀	aile de poulet 阿亞 的 晡類
雞肝	foie de poulet 府挖的 晡類
火雞 *n.f.*	dinde 但的
珠雞 *n.f.*	guinée 股衣內

雉雞 *n.m.*	faisan 匪頌
鵪鶉 *n.f.*	caille 尬亞
鴨肉	viande de canard 為用的 的 嘎那
豬肉 *n.m.*	porc 播呵
豬腳	pied de cochon 皮耶 的 鉤兄
牛肉	viande de bœuf 為用的 的 播府
牛尾巴	queue de bœuf 各 的 播府
牛胃	estomac de bœuf 哀思都罵克 的 播府
牛雜	viscères de bœuf 衣賽呵 的 播府
牛舌	langue de bœuf 隆個 的 播府
羊肉	viande de mouton 為用的 的 母動
羊排	filet de monton 飛類 的 母動

兔肉	viande de lapin 為用的 的 啦半
蝸牛 *n.m.*	escargot 哀思嘎呵購
蛙肉	viande de grenouille 為用的 的 葛奴以
蛙腿	cuisse de grenouille 股玉思 的 葛奴以
乳鴿 *n.f.*	pigeonne 逼就呢
田螺 *n.m.*	paludine 巴綠地呢

(7) 海鮮 Fruit de mer 福余 的 妹禾

MP3-46

鱈魚 *n.f.*	morue 摸續
鯉魚 *n.f.*	carpe 尬呵普
鱸魚 *n.f.*	perche 被許
鱒魚 *n.f.*	truite 土玉特
鮪魚 *n.m.*	thon 動

鮭魚 *n.m.*	saumon 蒐夢
鯷魚 *n.m.*	anchois 翁屬襪
鯡魚 *n.m.*	hareng 阿閧
鰻魚 *n.f.*	anguille 翁具衣
鯛魚 *n.f.*	daurade 都哈的
鯊魚 *n.m.*	requin 呵幹
沙丁魚 *n.f.*	sardine 撒呵地呢
比目魚 *n.f.*	sole 嗽了
金槍魚 *n.m.*	thon 動
青花魚 *n.m.*	maquereau 媽歌後
石斑魚 *n.m.*	mérou 沒後
螃蟹 *n.m.*	crabe 喀蔔
生蠔 *n.f.*	huitre 玉特

烏賊（墨魚） *n.f.*	seiche 賽許
魷魚 *n.m.*	calmar 嘎了罵
蝦子 *n.f.*	crevette 科位的
龍蝦 *n.f.*	longuste 攏故意斯特
蝦仁 *n.f.*	crevette décortiqué 克為特 得鉤呵遞給
蛤蜊 *n.f.*	mulette 母玉類的
海螺 *n.f.*	conque 共個
海膽 *n.m.*	oursin 屋呵散
干貝 *n.f.*	mulette 母列特
扇貝 *n.f.*	coquille 鉤據業
淡菜 *n.f.*	moule 幕了

(8) 食品雜貨
Epicerie
哎逼思呵意

MP3-47

糖 *n.m.*	sucre 蘇玉可
方糖	sucre en morceau 蘇玉可 翁 摸呵嗽
鹽巴 *n.m.*	sel 賽了
醬油 *n.f.*	sauce de soja 嗽死 的 蒐價
醋 *n.m.*	vinaigre 為內可
紅酒醋	vinaigre au vin rouge 為內可 偶 犯 戶舉
白酒醋	vinaigre au vin blanc 為內可 偶 犯 補隆
辣椒醬	sauce de piment 嗽死 的 逼夢
胡椒粉	poudre de poivre 不特呵 的 播襪府呵
香料 *n.f.*	épice 哀幣死
肉桂 *n.f.*	canelle 嘎內了

豆蔻 *n.f.*	cardamome 嘎呵搭摸麼
蕃茄醬	sauce de tomate 嗽死 的 都罵的
沙拉醬（美乃滋） *n.f.*	mayonnaise 媽優內子
千島醬	sauce des milles îles 嗽死 的 密了 億了
芥末 *n.f.*	moutarde 母大喝的
芝麻 *n.f.*	sésame 塞薩麼
蜂蜜 *n.m.*	miel 米業了
果醬 *n.f.*	confiture 宮飛的玉呵
草莓果醬	confiture de fraise 宮飛的玉呵 的 肥子
藍莓果醬	confiture d'airelle 宮飛的玉呵 得嘿了
花生醬	pâte d'arachide 罷的 搭哈系的
橘子果醬	confiture d'orange 宮飛的玉呵 都闃局
覆盆子醬	confiture de framboise 宮飛的玉呵 的 豐補襪子

楓糖漿	sucre d'érable 蘇玉可 代哈不了
奶油 *n.m.*	beurre 播呵
奶精 *n.m.*	lait 類
黑胡椒醬	sauce de poivre noir 嗽死 的 不襪府呵 努襪呵
蘑菇醬	sauce champignon 嗽死 兄逼弄
薄荷醬	sauce menthe 嗽死 夢的
蒜味蛋黃醬	mayonnaise aux ails 媽又內子 偶 愛業
乳酪醬	sauce fromage 嗽死 否罵局
橄欖油	huile d'olive 玉了 都力府
沙拉油	huile de table 玉了 的 大補了
米 *n.m.*	riz 呵衣
麵粉 *n.f.*	farine 發呵印呢
太白粉	farine de maïs 發呵印呢 的 媽意思

罐頭 *n.f.*	boîte 補襪的
麵條 *n.f.pl.*	nouilles 怒也
茶葉 *n.m.*	thé 代
麥片 *n.m.*	blé 補類
玉米片 *n.f.*	céréale 塞嘿訝了
榛果 *n.f.*	noisette 努挖在的
核桃 *n.m.*	noix 努襪
杏仁 *n.f.*	amende 阿夢的
松子 *n.m.*	pignon 逼弄

(9)飲料
Boisson
補哇頌

MP3-48

白開水 *n.f.*	eau 噢
熱開水	eau chaude 噢 秀的

冰開水	eau glacée 噢 葛啦賽
礦泉水	eau minérale 噢 咪內哈了
紅茶	thé noir 代 努襪呵
奶茶	thé au lait 代 偶 類
咖啡	café 嘎費
義式濃縮咖啡 *n.m.*	Expresso 哀克斯陪嗽
奶咖（咖啡加牛奶）	café au lait 咖啡 偶 類
牛奶 *n.m.*	lait 類
優酪乳（酸奶） *n.m.*	yaourt 押物呵
可可亞	boisson de coco 補挖頌 的 鉤購
熱巧克力	chocolat chaud 修鉤辣 秀
冰紅茶	thé noir glacé 代 努襪呵 葛啦賽
冰奶茶	thé au lait glacé 代 偶 類 葛啦賽

冰咖啡	café glacé 嘎費 葛啦賽
熱紅茶	thé noir chaud 代 努襪呵 秀
熱奶茶	thé au lait chaud 代 偶 類 秀
熱咖啡	café chaud 嘎費 秀
柳橙汁	jus d'orange 居 都闌舉
檸檬汁	jus de citron 居 的 西痛
蘋果汁	jus de pomme 居 的 蹦麼
蕃茄汁	jus de tomate 居的 都罵的
椰子汁	jus de noix de coco 居 的 努襪 的 鉤購
汽水	boisson gazeuse 補挖頌 嘎則子
可樂 *n.m.*	coca 鉤尬
七喜	7-up 賽文 - 阿普
啤酒 *n.f.*	bière 鼻業呵

白酒	vin blanc 犯 補隆
紅酒	vin rouge 犯 戶舉
薄酒萊葡萄酒	Beaujolais nouveau 撥揪勒 努否
茴香酒 *n.m.*	pastis 巴私地死
苦艾酒 *n.f.*	absinthe 巴補散的
波特酒	vin de Porto 犯 得 撥呵鬥
雪莉酒 *n.m.*	sherry 些呵億
威士忌 *n.m.*	whisky 威思計
香檳 *n.f.*	champagne 兄伴娘
甜酒	vin de liqeure 犯 的 哩各呵
白蘭地 *n.m.*	cognac 鉤尼訝個
蘋果白蘭地 *n.m.*	calvados 嘎了發鬥死
櫻桃白蘭地 *n.m.*	kirsch 記取

伏特加 *n.m.*	vodka 否的咖
雞尾酒 *n.m.*	cocktail 摳克代業
馬丁尼 *n.m.*	martini 媽呵低逆
蘋果酒 *n.m.*	cidre 係特
利口酒 *n.f.*	liqueur 力各呵

PART 7 交通篇

Transport

通思撥禾

(1) 觀光勝地

Point touristique

補灣 都呵意思第個

MP3-49

巴黎聖母院	Notre Dame de Paris 諾得但母的八呵義
塞納河	Seine 賽呢
新橋	Point-Neuf 崩納府
艾菲爾鐵塔	Tour Eiffel 度呵哀飛了

香榭大道	Champs Elysée 兄塞哩賽
凱旋門	Arc de Triomphe 阿呵克 的 踢用府
巴黎歌劇院	Théâtre de Paris 呆阿特 的 巴呵義
巴黎市政廳	Mairie de Paris 每呵義 的 巴呵義
羅浮宮美術館	Louvre 路府呵
玻璃金字塔	Pyramide en glace 逼哈密的 翁 葛拉斯
龐畢度中心	Centre Pompidou 送特 崩逼度
橘園美術館	Musée de l'Orangerie 木賽 的 摟鬨局係
奧賽美術館	Musée d'Orsay 木賽 都何賽
畢卡索博物館	Musée de Picasso 木賽 的 逼嘎嗽
巴黎蠟像館	Musée Grévin 木賽 凱翻
拉丁區	Quartier Latin 咖喝提耶 拉但
蒙馬特山	Montmartre 矇罵特

紅磨坊	Moulin Rouge 木濫 戶局
聖心堂	Sacré Coeur 薩凱 格喝
小丘廣場	Parc de Monceau 罷課 的 夢縮
共和廣場	Place de la Concorde 不辣斯 的 拉 公夠和得
巴士底廣場	Place de Pastille 不辣斯 的 巴斯地業
孚日廣場	Place de Vosges 不辣斯 的 佛斯局
萬神廟	Panthéon 崩地翁
夏佑宮	Palais de Chaillot 不辣斯 的 蝦又
大皇宮	Grand Palais 空 不辣斯
小皇宮	Petit Palais 不低 不辣斯
凡爾賽宮	Versailles 肥何賽譯
楓丹白露宮	Fontaine-Bleue 楓丹那 - 不魯

盧森堡花園	Parc de Luxembourg 罷課 的 率克松不喝
皇家花園	Parc Impérial 罷課 安培西軋了
莫內花園	Parc de Monet 不辣斯 的 莫內
杜樂麗花園	Parc des Tuilleries 罷各 得 度樂係
巴士底公園	Parc de Bastille 罷各 的 巴斯地業
馬德蓮教堂	Cathédrale de Madeleine 嘎得踏了 的 媽得戀呢
司法大樓	Palais de Justice 巴雷 的 居私地斯
巴黎古監獄	Ancien Prison de Paris 翁縣 闢宗 的 巴係
傷病院	Hôtel des Invalides 歐帶了 得 安發利的
亞歷山大三世橋	Pont d'Alexandre III 崩 大列克送得 拓襪
索班大學	Université de Sorbonne 淤泥為喝攜帶 的 蒐核撥那
歐洲迪士尼樂園	DisneyLand Paris 低私地濫的 巴係

(2) 建築物

Bâtiment

八低夢

MP3-50

銀行 *n.f.*	Banque 蹦個
飯店 *n.m.*	hôtel
餐廳 *n.m.*	restaurant 黑思都閧
機場 *n.m.*	aéroport 阿愛侯撥喝
醫院 *n.m.*	hôpital 歐幣大了
圖書館 *n.f.*	bibliothèque 逼補利誘代課
博物館 *n.f.*	musée 木賽
警察局 *n.m.*	commissariat 公咪撒洗訝
郵局 *n.f.*	poste 撥思得
車站 *n.f.*	gare 尬呵
學校 *n.f.*	école 矮夠了
公司 *n.f.*	entreprise 翁特闢子

公寓 *n.m.*	appartement 阿巴喝特夢
電信局	France Télécom 府翁斯 德雷共
動物園 *n.m.*	zoo 資物
公園 *n.m.*	parc 爸克
城堡 *n.m.*	château 蝦鬥
教堂 *n.f./ n.m.*	église/ cathédrale 哀個粒子 / 嘎帶踏了
修道院 *n.f.*	monastère 夢那斯帶喝
寺廟 *n.m.*	temple 動普了
電影院 *n.m.*	cinéma 希內馬
戲院 *n.m.*	théatre 帶阿特
咖啡館 *n.m.*	café 嘎費
露天咖啡館	café à la terrasse 咖費 阿 拉 得哈斯
網路咖啡館	cyber-café 西被喝 - 嘎費

公用電話亭	cabine téléphonique 嘎逼內 帶力風逆個
麵包店 *n.f.*	boulangerie 補龍局係
花店 *n.f.*	fleuriste 福羅係斯特
水果店 *n.f.*	fruiterie 撫恤特係
美容院	salon de beauté 撒龍 的 撥帶
書店 *n.f.*	librairie 力補黑係
洗衣店 *n.m.*	pressing 胚幸
唱片行	magasin de disque 媽嘎讚 的 蒂斯可
超級市場 *n.m.*	super-marché 蘇被喝 - 媽喝謝
露天市場 *n.f.*	marché 媽喝謝
跳蚤市場	marché aux puces 媽喝謝 偶 必斯
廣場 *n.f.*	place 不拉斯
噴泉 *n.f.*	fontaine 風但呢

游泳池 *n.f.*	piscine 逼信呢
停車場 *n.m.*	parking 巴喝肯
公共電話	téléphone publique 呆雷風呢 逼補力個
紅綠燈 *n.m.*	feu 附

(3) 公車
Bus
逼預思

MP3-51

冷氣公車	bus climatisé 必斯 克力馬蒂賽
市區公車	bus municipal 必斯 米你西罷了
單軌電車 *n.m.*	traim 探母
長途巴士	bus de longue distance 必斯 的 龍個 低斯凍死
站牌	station de bus 斯搭凶 的 必斯
上車 *v.*	monter 矇帶
下車 *v.*	descendre 帶送特

乘客 *n.m.*	passager 巴撒界
司機 *n.m.*	chauffeur/chauffeuse 修福惡 / 修福惡子
車掌 *n.m.*	contrôleur 公偷樂
座位 *n.f.*	place 補辣死
零錢 *n.f.*	monnaie 摸內
投錢	jeter les pieces 遮帶 雷 皮耶斯
刷卡	passer la carte 巴賽 喇 尬喝得
公車卡	carte de bus 尬喝得 的 必斯
買票	acheter un billet 阿須待 案 逼業
大人票	billet adulte 逼業 阿了玉了的
兒童票	billet enfant 逼業 翁鳳
單程票	billet aller simple 逼業 阿雷 散補樂
來回票	billet aller-retour 逼業 阿雷 - 喝度

時刻表 *n.m.*	horaire 歐黑喝
開車時間	l'heure de depart 樂喝 的 帶罷喝
下車按鈕	bouton descendre 晡動 帶送特
頭班車（火車）	le premier train du matin 了 破米耶 採 的預 馬但
末班車（火車）	le dernier train du soir 了 跌喝尼耶 採 的預 蘇挖喝
終點站 *n.m.*	terminus 帶喝尼沐浴斯
高速公路 *n.f.*	autoroute 歐都戶的
十字路口 *n.m.*	carrefour 嘎何婦喝
停車 *v.*	se garer 捨 嘎黑
塞車 *n.m.*	embouteillage 翁布袋軋局

(4) 計程車

Taxi

大克系

MP3-52

計程車招呼站	station de taxi 斯大凶 的 大克西

空車	taxi libre 大克西 力補喝
叫車	appeler un taxi 阿伯樂 案 大克西
目的地 *n.f.*	destination 跌斯低那凶
旅客服務中心	Office de Tourisme 歐非斯 的 度西斯母
迷路 *adj.*	perdu 被喝得
沿著	passer par 巴賽 罷喝
直走	aller tout droit 阿雷 度 土襪
轉角處	au carrefoure 偶 嘎喝附喝
往回走	faire une demi-tour 費喝 韻呢 得密 - 度喝
斜對面	en diagonale 翁 低阿勾那了
很遠	très loin 台 亂
附近	près d'ici 陪 底西
走過頭	passer le destination 巴賽 了 呆私地那凶

趕時間 *adj.*	pressé 陪賽
開快點	rouler plus vite 乎雷 普率 為特
開慢點	rouler moins vite 乎雷 母萬 為特
車資	prix de trajet 闢 的 他界
基本費	forfait 佛費
里程表 *n.m.*	compteur 功德喝
找錢	rendre la monnaie 閧特 拉 莫內
收據 *n.m.*	reçu 喝續
遺失物品	objet perdu 歐補結 被喝的預

(5) 火車、地下鐵

Train; Métro

特安; 梅透

MP3-53

售票處 *n.m.*	guichet 機械
售票機	machine à vendre des billets 媽信的 阿 饔特 得 逼業

買票	acheter un billet 阿許帶 安 逼業
遊客優惠套票	forfait touristique 佛何費 都係私地個
月票	carte mensuele 尬喝得 夢需業了
退票 *v.*	rembourser 哄不喝賽
退票處	guichet de remboursement 機械 的 哄不喝賽
列車 *n.m.*	train 探
快車	train rapide 探 哈弊的
特快車	train express 探 哀克斯陪斯
月台 *n.m.*	quai 給
車票 *n.m.*	billet 逼業
TGV 車票	billet de TGV 逼業 的 得結為
軟臥票	billet de la couchette 逼業 的 拉 估洩的
吸煙車廂	wagon fumeur 挖共 府淤莫

禁煙車廂	wagon non-fumeur 挖共 弄 - 府淤莫
補票	acheter son billet dans le train 阿須待 松 逼業 董 了 探
更換 *v.*	échanger 哀凶界
轉車	changer de train 凶界 的 探
搭錯車	se tromper de train 色 痛被 的 探
服務窗口	guichet d'information 機械 丹佛喝媽凶
車上服務員	employé dans le train 翁普羅業 董 的 探

(6) 船

Bateau

巴豆

MP3-54

售票處 *n.m.*	guichet 機械
來回船票	billet de bateau aller-retour 逼業 的 巴鬥 阿雷 - 喝度
港口 *n.m.*	port 播喝
渡船 *n.m.*	navire 納為喝

蒼蠅船	bateau mouche 巴門 木許
快艇 *n.m.*	yacht 訝特
碼頭 *n.m.*	quai 給
堤防 *n.f.*	digue 地個
燈塔 *n.m.*	phare 法喝
離港時間	l'heure de départ 樂喝 的 跌罷喝
入港時間	l'heure de retour 樂喝 的 喝度喝
上船 *v.*	monter 夢跌
下船 *v.*	descendre 跌送特
航線	route maritime 戶的 媽西地呢
甲板 *n.m.*	pont d'un navire 崩 單 納為喝
船身	coque d'un navire 夠個 單 納為喝
船艙 *n.f.*	cabine 嘎庇蔭呢

暈船	avoir mal de mer 阿襪喝 罵了 的 妹喝
船上服務	service dans la navire 些何謂斯 董 拉 納為喝
船長 *n.m.*	capitaine 嘎逼但呢
船員 *n.m.*	marin 媽漢
救生衣	gilet de sauvetage 機類 的 蒐輔大舉

(7) 飛機
Avion
阿為甕

MP3-55

單程機票	billet d'avion aller simple 逼業 大為甕 阿雷 散補樂
班機時刻表	horaire des avions 歐黑何 得 阿為甕
護照 *n.m.*	passeport 巴斯播喝
海關 *n.f.*	douane 賭灣呢
戴高樂機場	aéroport CDG (Charles de Gaulle) 阿哀侯播 CDG
歐里機場	aéroport Orly 阿哀侯播 歐喝力

行李托運	faire enregistrer ses bagages 費喝 翁何機斯特 賽 巴尬舉
頭等艙	Première classe 破米耶 可辣斯
商務艙	classe affaires 可辣斯 阿費喝
經濟艙	classe economie 可辣斯 哀夠諾密
空服員	hôtesse de l'air 歐帶斯 的 類喝
座位 *n.m.*	siège 西業舉
安全帶	ceinture de la sécurité 三的預喝 的 拉賽居攜帶
行李 *n.f.*	bagage 巴尬舉
餐點 *n.m.*	repas 喝罷
免稅商品	produit du tax-free 破的預 賭 大克斯 非議
香菸 *n.f.*	cigarette 西嘎黑的
酒 *n.m.*	alcool 阿樂夠了
化妝品 *n.m.*	cosmétique 勾斯妹地個

音樂 *n..*	musique 母系個
開關 *n.m.*	interrupteur 安德續母得喝
音量 *n.m.*	volume 佛率麼
頻道 *n.f.*	channe 縣呢
旅遊 *n.m.*	voyage 挖訝舉
商務 *n.f.pl.*	affaire 阿費喝
出差	voyage d'affaire 挖訝舉 打費喝
遊學	voyage d'études 挖訝舉 得哀德育的

(8) 租車

Location de voiture

摟卡兄 的 哇的玉呵

MP3-56

駕照	permis de conduire 背喝密 的 攻的預喝
國際駕照	permis de conduire international 背喝密 的 攻的預喝 安德那凶那了
費用 *n.m.*	frais 肥

價目表 *n.m.*	tarrif 搭係府
租金 *n.m.*	loyer 魯挖業
手排 *adj.*	manuel 媽努哀了
自排 *adj.*	automatique 歐都媽地個
速度 *n.f.*	vitesse 為帶斯
安全帶	ceinture de la sécurité 三的預喝 的 拉 賽居繫帶
交通規則	régulement de circulation 黑個了夢 的 西居拉兄
汽車鑰匙	clé de voiture 克雷 的 挖德育喝
訂車單	papier de réservation 巴皮耶 的 黑賽喝挖兄
保險 *n.f.*	assurance 阿績閧斯
投保人 *n.m.*	assureur 阿績黑
停車位	place de parking 補辣斯 的 巴喝克硬
車種	modèle de voiture 摸帶了 的 挖的預喝

跑車	voiture de course 挖的預喝 的 故喝死
敞篷車	voiture décapotable 挖的預喝 得嘎撥大埔了
吉普車 *n.m.*	jeep 寄普
廂型車	véricule utilitaire 為西股玉了 淤低哩帶喝
總店	société mère 蒐西耶帶 妹喝
加油站	station d'essence 斯搭兄 得送斯
還車	rendre la voiture 哄的 拉 挖的預喝

(9) 地名

Nom de lieux

弄 得 六

MP3-57

巴黎	Paris 巴呵意
坎城	Cannes 幹呢
西提島	Cités 攜帶
馬賽	Marseille 媽呵塞耶

普羅旺斯	Provence 波饔思
尼斯	Nice 逆思
第戎	Dijon 低重
杜爾	Tour 度呵
亞耳	Arles 阿呵了
香檳	Champagne 兄半娘
波爾多	Bordeaux 撥呵鬥
勃艮第	Bourgogne 不呵夠妮
魯昂	Rouen 乎饔
里耳	Lille 立了
土魯斯	Toulouse 都露紫
里昂	Lyon 哩饔
科西嘉島	Corse 夠呵死

PART 8

娛樂活動篇

Divertissant

低微呵低頌

(1) 逛百貨公司

Shopping au grand magasin

修拼 偶 空 媽嘎讚

MP3-58

百貨公司	grand magasin 空 媽嘎讚
拉法葉（老福爺）百貨公司	Galerie Lafayette 嘎勒系 啦發業的
春天百貨公司	Le Printemps 了 潘棟
女鞋部	Les chaussures de femmes 壘 休思玉呵 的 法麼
化妝品專櫃	Les cosmetiques 壘 勾思妹第個
飾品	Les bijoux 壘 逼珠
試衣間	salon d'essayage 撒隆 得塞訝局
淑女服裝	prêt-à-porte femme 培搭撥核的 法麼
紳士服裝	prêt-à-porte homme 培搭撥核的 噢麼

童裝	prêt-à-porte enfant 培搭撥核的 翁鳳
少女服裝	prêt-à-porte fille 培搭撥核的 非也
運動用品	section sport 塞克修 思播呵
精品部	Les boutiques 壘 晡第個
玩具部	Les jouets 壘 珠欸
電器用品部	Les électroménagers 壘 唉勒克頭沒那傑
寢具部	La literie 啦 哩特系
鞋子部	Les chaussures 壘 休思玉呵
特賣場	La salle de solde 啦 薩了 的 搜了的
孕婦用品	Les produits pour les femmes enceintes 壘 波的玉 不呵 壘 法麼 翁散的

(2) 運動休閒

Sport

思撥呵

MP3-59

足球 *n.m.*	football 附的播了

籃球 *n.m.*	basket-ball 巴斯課業特 播了
排球 *n.m.*	volley-ball 哇列播了
桌球（乒乓球） *n.m.*	ping-pong (talbe de tenis) 兵蹦（大補了 的 得逆司）
羽毛球 *n.m.*	badminton 班明頓
棒球 *n.m.*	base-ball 杯司播了
網球 *n.m.*	tenis 得逆司
保齡球 *n.m.*	bowling 撥另
高爾夫球 *n.m.*	golf 夠了府
跳舞 *v.*	danser 東賽
唱歌 *v.*	chanter 兄代
游泳 *v.*	nager 那節
溜冰 *v.*	patiner 巴低內
滑雪 *v.*	faire le ski 廢何 了 司計

跳遠	saut en longueur 搜 翁 龍個喝
跳高	saut en hauteur 搜翁 毆 的得喝
柔道 *n.m.*	judo 就兜
空手道 *n.m.*	karaté 嘎哈代
跆拳道 *n.m.*	tae kwon do 代 寬 道
潛水 *n.f.*	plonge 普隆局
滑水	ski nautique 司計 挪地個
登山 *n.m.*	alpinisme 阿樂逼逆司麼
釣魚 *v.*	pêcher 背謝
露營 *n.m.*	camping 功病
野餐 *n.m.*	pique-nique 逼個逆個
烤肉 *n.m.*	barbecue 巴逼就
打獵 *v.*	chasser 瞎賽

攀岩 *n.f.*	escalade 哀司嘎臘的
騎馬 *n.f.*	équitation 哀級大兄
賽車	course de voiture 故喝死 的 哇賭玉喝
跑步 *n.m.*	jogging 糾個應
馬拉松 *n.m.*	marathon 媽哈凍

(3) 看表演 Spectacle 思杯克大個了

MP3-60

後排座位	places dérières 補臘司 代西業呵
前排座位	places devants 補臘司 的甕
開始 *n.m.*	début 代補育
結束 *n.f.*	fin 範
入口 *n.m.*	entrée 翁特業
出口 *n.f.*	sortie 搜何地

入場券 *n.m.*	ticket 低客業
滿座	salle remplie 薩了 轟補力
預約 *v.*	réserver 黑賽喝為
一張票	un ticket 暗 低客業
舞蹈表演	spectacle de la dance 司背客大個了 的 拉 動司
演唱會	concert de chant 工賽喝 的 秀
音樂會	concert 工賽喝
歌劇 *n.m.*	opéra 歐被哈
鋼琴表演	spectacle de piano 司背客大個了 的 皮呀挪
小提琴表演	spectacle de violon 司背客大個了 的 為歐龍
吉他表演	spectacle de guitare 司背客大個了 的 及大喝
芭蕾舞表演	spectacle de ballet 司背客大個了 的 巴類
舞台	scène

n.f.	賽呢

(4) 看電影
Aller au cinéma
阿雷 偶 吸餒罵

MP3-61

排隊	faire la queue 廢喝 拉 個
買票	acheter le billet 阿須代 了 逼業
買預售票	acheter son billet à l'avance 阿須代 松 逼業 阿 拉甕司
首映 *n.f.*	première 波米耶呵
上映	la sortie d'un film 拉 搜喝地 的暗 廢了麼
一部電影 *n.m.*	film 廢了麼
好看的電影	un bon film 暗 蹦 廢了麼
不好看的電影	un film mauvais 暗 廢了麼 摸位
很有名 *adj.*	célébre 鰓賴不呵
金像獎	Oscars 歐司尬呵
坎城影展	Festival de Cannes 非司低襪了 的 幹呢

恐怖片	film d'horreur 費了麼 都赫呵
文藝愛情片	film d'amour 費了麼 搭木呵
動作片	film d'action 費了麼 搭克兄
記錄片	film documentaire 費了麼 都居夢代呵
招待券	ticket graduit 低課業 咖的玉
女主角	actrice principale 阿克替死 潘西罷了
男主角	acteur principal 阿喀德惡呵 潘西罷了
學生票	billet édudiant 逼耶 哀的玉動
成人票	billet adulte 逼耶 阿的玉了的
兒童票	billet enfant 逼耶 翁鳳
打折券	ticket de réduction 低課業 的 黑的玉克兄
對號入座	billet numéroté 逼耶 女沒後爹
禁煙區	zone non-fumeur 縱 弄 - 飛莫呵

吸煙區	zone fumeur 縱 飛莫呵
帶食物	porter les nourritures avec 潑呵代 壘 努溪的玉呵 阿費克
進去 *v.*	entrer 翁特業

（5）書店買書

Achat du livre au librairie

阿下 的與 歷福呵 偶 力不黑合意

MP3-62

小說 *n.m.*	roman 後夢
文學小說	roman littérature 後夢 哩代哈的玉呵
羅曼史小說	roman d'amour 後夢 搭木呵
傳記 *n.f.*	biographie 逼歐咖費
漫畫	band dessiné 蹦 爹西內
報紙 *n.m.*	journal 朱呵那了
雜誌 *n.m.*	magazine 媽嘎進呢
週刊 *n.m.*	hebdo 哀補都

服裝雜誌	magazine de prête-à-porte 媽嘎進呢 的 陪打波合的
八卦雜誌	magazine de cancan 媽嘎進呢 的 公共
教科書	manuel de classe 媽努愛了 的 克拉斯
工具書	livre d'outil 力福嘿 都第
參考書	livre de référence 立夫呵 的 嘿飛鬨死
字典 *n.f.*	dictionnaire 低克兒內呵
暢銷書	livre "Best-seller" 立夫呵 被斯特 - 賽樂
米其林美食指南	Michelin guide rouge 咪許濫 計的 戶舉
旅遊指南	guide touristique 計的 都係私地個
圖書禮券	ticket de librairie 低課業 的 力補嘿係
地圖 *n.m.*	plan 普隆
訂購單	bon de commande 蹦 的 宮夢的
圖書目錄	catalogue de livre 嘎搭漏個 的 立夫呵

打折價格	prix apès discount 闢 阿陪 低司共
退貨	retourner la marchandise 呵都呵內 啦 媽呵兄弟子
更換 *v.*	échanger 哀兄界
錢不夠	n'avoir pas assez d'argent 哪襪 罷 阿賽 搭呵就
計算錯誤	mal calculé 罵了 嘎了居類

(6) 租錄影帶

Location de la cassette vidéo

摟卡兄 的 啦 嘎塞特 為代歐

MP3-63

身份證件	carte d'identité 尬呵的 低東低代
會員卡	carte de membre 尬呵的 的 夢補呵
錄影帶	cassette vidéo 嘎賽特 為代歐
入會費	frais de membre 肥 的 夢補呵
申請表	formule d'enregistrement 否禾母玉了 東呵機斯特夢
填寫 *v.*	remplir 哄補力

姓名	nom et prénom 弄 矮 胚弄
地址 *n.f.*	address 阿特業死
駕照 *n.m.*	permit de conduire 背禾密 的 宮的玉呵
期限 *n.f.*	expiration 愛克斯逼哈秀
退還 *v.*	rendre 闌特
最近 *adv.*	récemment 嘿薩夢
排行榜 *n.m.*	bulletin 逼了但

學校篇
Ecole
欸夠了

(1) 上學
Aller à l'école
阿雷 阿 雷夠了

MP3-64

幼稚園	jardin d'enfants 家呵但 東鳳
小學 *n.m.*	primaire 批妹呵

中學 *n.m.*	lycée 哩賽
高中 *n.m.*	collège 鉤類局
大學 *n.f.*	université 淤泥飛禾攜帶
學士 *n.f.*	licence 哩頌死
碩士 *n.m.*	DEA 得喔阿
博士 *n.m.*	Doctorat 都克都哈
校長	directeur d'école 低嘿喀德呵 的哀夠了
教授 *n.m.*	professeur 波飛色
助教	professeur assistant 波飛色 阿西斯動
講師	chargé de cours 蝦河截 的 故呵
老師 *n.m.*	professeur 波飛色
同學	camarade d'école 嘎媽哈的 的哀夠了
學生 *n.m.(f.)*	étudiant(e) 哀的玉動（的）

班長	chef de classe 謝府 的 科辣死
幹部 *n.m.*	cadre 尬特
童子軍 *n.m.*	scout 司故特
科系 *n.f.*	matière 媽提業呵
主修 *v.*	se spécialiser 色 司背西阿力賽
英語 *n.m.*	anglais 翁個類
法語 *n.m.*	français 豐賽
德語 *n.m.*	allemend 阿了夢
中文 *n.m.*	chinois 新努襪
日語 *n.m.*	japonais 家撥內
數學課	cours de mathématique 故呵 的 媽代媽第個
英語課	cours d'anglais 故呵 東個類
社會課	cours de sociologie 故呵 的 蒐修摟計

自然課	cours des sciences de la nature 故呵 得 西甕死 的 啦 那賭玉呵
美術課	cours d'art 故呵 大喝
音樂課	cours de musique 故呵 的 母計個
體育課	éducation de physique 哀的玉嘎秀 的 飛計個
電腦課	cours d'ordinateur 故呵 都呵尼哈得呵
勞作課	cours d'ouvrage manuel 故呵 嘟福哈舉 媽女業了
朝會	réunion généale du matin 嘿淤泥甕 節內哈了 的玉 馬但
升旗典禮	hisser le pavillon 衣 賽 了 巴為用
上課	début de classe 的哺育 的 克拉斯
下課	fin de classe 犯 的 克拉斯
午休	pose du midi 撥子 的玉 咪地
打掃 *n.f.*	nettoyage 內賭挖訝舉
放學	sortir de l'école 蒐呵地呵 的 勒夠了

課本	manuel de classe 媽女業了 的 克拉斯
筆記本 *n.m.*	cahier 嘎業
回家作業 *n.m.*	devoir 的襪呵
比賽 *n.f.*	compétition 宮背低胸
整潔比賽	compétition de nettoyage 宮背低胸 的 內賭挖訝舉
作文比賽	compétition de rédaction 宮背低胸 的 黑大克兄
演講比賽	compétition de discours 宮背低胸 的 低司故呵
園遊會 *n.f.*	kermesse 克呵妹死
運動會 *n.f.*	cinématique 西內媽地個
社團 *n.m.*	association 阿蒐西阿兄
暑假	vacance d'été 挖共司 呆跌
寒假	vacance d'hiver 挖共司 低為呵
看書 *v.*	édudier 哀的禦敵業

考試 *n.m.*	examen 哀個紮慢

(2) 校園
Campus
宮逼預思

MP3-65

校長室	bureau du directeur d'école 哺育後 的玉 低嘿喀德呵 代夠了
教師室	salle de professeur 薩了 的 波飛色
輔導室	centre d'information et d'orientation 頌特 丹佛呵媽地個 矮 都西翁搭兄
教室	salle de cours 薩了 的 固呵
黑板	tableau noir 大補摟 努襪呵
白板	tableau blanc 大補摟 補隆
板擦	chiffon pour effacer le tableau 西風 不呵 愛發塞 了 大補摟
粉筆 *n.f.*	craie 克
白板筆	marqueur tableau blanc 媽呵各呵 大補摟 補隆
講台 *n.f.*	estrade 艾斯踏德
講桌	tribune

n.f.	提不淤呢
電腦教室	salle d'ordinateur 薩了 都呵妮哈的
主機 *n.m.*	ordinateur 歐呵尼哈得呵
伺服器 *n.m.*	serveur 賽呵佛呵
螢幕 *n.m.*	écran 哀控
滑鼠 *n.f.*	souris 蘇係
滑鼠墊	tapis de souris 搭幣 的 蘇係
鍵盤 *n.m.*	clavier 克拉維耶
喇叭 *n.m.*	parleur 八呵樂呵
印表機 *n.f.*	imprimante 安皮夢的
掃瞄機 *n.m.*	scanner 司乾內呵
數據機 *n.m.*	modem 摸電
網路 *n.m.*	réseau 嘿奏

網站	site internet 系的 安爹呵內的
入口網站	site d'accès à internet 系的 搭克賽 阿 安爹呵內的
搜尋 *v.*	chercher 些呵謝
病毒 *n.m.*	virus 為續司
中毒 *adj.*	planté 普隆爹
電子郵件 *n.m.*	e-mail 衣妹了
磁片 *n.f.*	disque 地死個
光碟片 *n.m.*	CD-ROM 西低 - 闖麼
軟體 *n.m.*	logiciel 摟居西業了
線上遊戲	jeu sur internet 這 續呵 安爹呵內的
實驗室 *n.m.*	laboratoire 啦撥哈都哇呵
禮堂	salle des cérémonies 薩了 得 塞黑莫妮
圖書館 *n.f.*	biliothèque 逼不立歐代課

閱讀區	section de lecture 塞克兄 的 雷喀德呵
借書區	section des livres à emprunter 塞克兄 得 立夫呵 阿 翁潘跌
視聽教室 *n.f.*	laboratoire 啦撥哈的襪呵
借書證	carte de bibliothèque 尬呵的 的 逼補力歐代課
外借 *v.*	emprunter 翁潘代
歸還 *v.*	rendre 闐特
逾期	passer l'expiration 巴賽 雷克斯逼哈兄
警衛室 *n.f.*	garde 尬呵的
福利社 *n.f.*	cafétériat 嘎飛搭呵衣阿
餐廳 *n.f.*	cantine 公定呢
體育場 *n.m.*	gymnase 金那死
操場	terrain d'exercises 呆漢 爹克些呵係死
宿舍 *n.m.*	dortoir 都呵嘟襪呵

涼亭 *n.m.*	kiosque 克衣又司個
公佈欄 *n.m.*	panneau 巴努噢

上班篇

Travail

他法耶

(1) 公司組織

Organisation d'entreprise

歐禾嘎你撒頌 東特癖思

MP3-66

董事長 *n.m.*	president 陪機動
總經理	directeur général 低黑喀德喝 接內哈了
經理 *n.m.*	manager 妹內結
廠長	chef d'usine 謝夫 的預信呢
課長	chef de bureau 謝夫 的 哺育後
主任	chef de service 謝夫 的 些何謂斯
組長	chef de groupe 謝夫 的 股戶普

同事 *n.m./f.*	collègue 勾類個
職員 *n.m.*	employé 翁浦路挖業
秘書 *n.f.*	secrétaire 色克耶帶喝
總機 *n.m.*	standardiste 斯東大地斯的
業務部	département de vente 呆巴喝的夢 的 甕的
行銷企畫部	département de marketing 呆巴喝的夢 的 媽客廳
會計部	département de comptabilité 呆巴喝的夢 的 公大逼歷代
公關部	départment de relation publique 呆巴喝的夢 的 喝拉兄 哺育補力個
研究開發部	département de recherche 呆巴喝的夢 的 喝謝喝許
名片	carte de visite 尬喝的 的 維繫的
工廠 *n.f.*	usine 淤信呢
倉庫 *n.m.*	entrepôt 翁特播
生意 *n.m.*	business 逼資逆斯

門市
n.m.
magasin
媽咖散

(2) 工作環境
Lieu du travail
蹓 的玉 他法耶

MP3-67

辦公室
n.m.
bureau
哺育後

會議室
salle de conférence
薩了 的 公非哄死

會客室
salle d'attente
薩了 打動的

茶水間
n.f.
cafétéia
嘎非帶西訝

休息室
n.m.
salon
撒龍

影印室
salle de la photocopie
薩了 的 啦 否都勾必

影印機
n.f.
photocopieuse
否都勾必柚子

傳真機
machine de fax
媽信呢 的 法克斯

碎紙機
destructeur de document
呆斯賭格特 的 搭局夢

上班
aller au travail
阿雷 歐 他襪耶

下班	sortie du travail 蒐喝地 的預 他襪耶
準時 *adj.*	ponctuel 崩克土業了
遲到	en retard 翁 喝大喝
開會	en réunion 翁 黑淤牛
拜訪客戶	visiter les clients 威機帶 勒 克力翁
打報表	faire les tableaux 費喝 雷 大埔漏
算帳	faire le compte 費喝 了 共的

(3) 職業 Profession 波飛思衣翁

MP3-68

公司職員 *n.m.*	employé 翁普魯襪耶
翻譯 *n.f.*	traduction 他的預克兄
店員 *n.m./f.*	vendeur/ vendeuse 翁得喝 / 翁得子
司機 *n.m./f.*	chaufeur/ chaufeuse 修復喝 / 修復子

律師

n.m.

avocat

阿否尬

法官

n.m.

juge

據舉

檢察官

n.m.

procureur

波個於赫

警察

agent de police

阿重 的 玻利死

消防隊員

n.m.

pompier

崩皮耶

軍人

n.m.

soldat

蒐了大

醫生

n.m.

docteur

都喀德呵

護士

n.m./f.

infirmier/infirmière

安非喝迷耶 / 安非喝迷耶呵

藥劑師

n.m./f.

pharmacien/ pharmacienne

發喝媽西安 / 發喝媽西安呢

郵差

n.m.

facteur

發克得喝

導遊

n.m.

guide

寄的

空服員

hôtesse de l’air

歐帶斯 的 賴喝

記者

n.f.

journaliste

朱喝那利斯的

作家 *n.m.*	écrivan 哀泣犯
畫家 *n.m./f.*	peintre 半特
廚師 *n.m./f.*	cuisinier/ cusinière 股淤信你耶 / 股淤信你耶喝
餐廳服務員 *n.m./f.*	serveur/ serveuse 塞喝附喝 / 塞喝父子
推銷員 *n.m./f.*	vendeur/ vendeuse 翁得喝 / 翁得子
美容師 *n.m./f.*	esthéticien/ esthéticienne 哀斯帶地縣 / 哀斯帶地縣呢
工程師 *n.m.*	ingénieur 安結尼業喝
建築師 *n.m.*	architecte 阿何係代課的
會計師 *n.m.*	comptable 公大埔了
模特兒 *n.m.*	mannequin 摸呢贛
服裝設計師 *n.m./f.*	styliste 斯地利斯的
理髮師 *n.m.*	coiffeur 括佛喝
公務員 *n.m./f.*	fonctionnaire 豐客凶內喝

教士 *n.m.*	prêtre 配特
修女 *n.f.*	soeur 色喝
工人 *n.m.*	ouvrier 屋夫溪業
商人 *n.m.*	commerçant 公妹喝送
農夫 *n.m.(f.)*	paysan(e) 背衣讚（呢）
耕田 *v.*	cultiver 估樂地為
打獵 *v.*	chasser 克拉色喝
漁夫 *n.m.*	pêcheur 背謝喝
救生員 *n.m.*	secouriste 色估細斯的
家庭主婦	maîtresse de maison 妹特哀斯 的 沒縱

PART 11

商貿篇
Commerce
宮妹呵司

(1) 商業機構
Organisation commerciale
歐禾嘎你撒頌 宮妹呵司押了

MP3-69

工廠 *n.f.*	usine 淤信呢
辦公大樓	grand immeuble de bureau 空 衣莫補了 的 哺育侯
百貨公司	grand magasin 空 媽嘎讚
超級市場 *n.m.*	supermarché 蘇被喝媽喝謝
市場 *n.m.*	marché 媽喝謝
大型購物中心	centre commercial 頌特 公妹喝溪軋了
出版社 *n.m.*	éditeur 哀第得喝
雜誌部	département de magazine 的吧喝特夢 的 媽嘎信呢
編輯部	département d'édition 的吧喝特夢 的 哀低胸

業務部	département de vente 的吧喝特夢 的 甕特
行銷企劃部	département de marketing 的吧喝特夢 的 媽客廳
會計部	département de compabilité 的吧喝特夢 的 的 公大逼歷代
公關部	département de relation publique 的吧喝特夢 的 喝拉凶 逼補立刻
商店 *n.m.*	magasin 媽嘎讚
攤販 *n.m.*	colporteur 勾了波喝得喝

(2) 預約會面
RDV (Rendez-vous)
哄得福

MP3-70

拜訪 *v.*	visiter 為攜帶
名片	carte de visite 咖河得 的 為西德
開會	en réunion 翁 嘿淤弄
業務 *n.f.*	affaire 阿費喝
合作 *n.f.*	coopération 勾歐被哈凶

簽約	signer le contrat 溪內 了 公踏
市場調查	étude de marché 哀的玉的 的 媽喝謝
提案 *n.f.*	proposition 波波溪凶
發表會 *n.m.*	lancement 攏斯夢
做簡報	faire une présentation 費喝 運呢 配縱搭凶
客人 *n.m.*	client 克麗翁
外國人 *n.m.*	étranger 哀痛結
有空 *adj.*	libre 麗補喝
沒有空 *adj.*	occupé 歐局被
聊天 *v.*	parler 巴喝雷

(3) 洽談生意

Négocier une affaire

乃鈎席耶 韻呢 阿費禾

MP3-71

訂購 *v.*	commander 公夢跌

產品 *n.m.*	produit 波的預
客戶 *n.m.*	client 克麗翁
價錢 *n.m.*	prix 闢
介紹產品	expliquer le produit 哀克斯普歷劫 了 波的預
下訂購單	passer la commande 巴賽 拉 公夢跌
太貴	trop cher 偷 謝喝
成本 *n.m.*	coût 故
利潤 *n.f.*	marge 罵喝局
銷路 *n.f.*	distribution 滴斯踢哺育凶
底價	meilleur prix 妹耶喝 闢
提前交貨	livraison en avance 麗服嘿宗 翁 阿翁斯
準時交貨	livraison ponctuele 麗服嘿宗 崩克度耶了
交貨日期	date de livraison 大的 的 麗服嘿宗

市場價格	prix courant 闢 估哄
折扣 *n.m.*	discount 滴斯康

(4)社交應酬
Relation sociale
呵拉秀 蒐席訝了

MP3-72

職業 *n.f.*	Profession 波費凶
薪水 *n.m.*	salaire 撒類喝
工作 *v.*	travailler 它挖業
老闆 *n.m.*	patron 巴痛
員工 *n.m.*	employé 翁普魯挖業
順利	ça va bien 撒 挖 變
過得去	ça va moyen 撒 挖 母阿驗
不好	ça va mal 撒 挖 罵了
熬夜	passer la nuit à travailler 巴賽 拉 女 阿 它挖業

改行	changer le métier 凶結 了 妹提耶
找工作	chercher du travail 些喝謝 賭 它挖易
內行	connaître bien son métier 公內特 變 松 妹提耶
虧本	perdre de l'argent 被喝特 的 拉喝就
關照	occuper de quelqu'un 歐局被 的 該了幹

(5) 打電話

Téléphoner

德雷豐內

MP3-73

我是~	Je suis… 者 蘇衣
你是哪位？	Qui est à l'apareil? 記 哀 阿 拉巴害業
請等一下	Un instant, s'il vous plaît. 俺 安斯動，溪 屋 普類
外出 *v.*	sortir 蒐喝第喝
出差	sortiir en mission officielle 蒐喝第喝 翁 咪凶 歐非溪業了
回來 *v.*	revenir 喝佛你喝

請假	demander un congé 的夢跌 安 公結
有空 *adj.*	libre 麗補喝
沒有空 *adj.*	occupé 歐局被
開會中	en réunion 翁 嘿淤弄
吃飯中	en train de manger 翁 碳 的 夢結
總機 *n.m.*	standardiste 斯東大喝蒂斯的
分機 *n.f.*	extension 哀克斯東凶
辦公室 *n.m.*	bureau 補淤後
沒人接	sonner personne 嗽內 背喝嗽呢

PART 12

日常生活篇

Vie quoditienne

為 鉤弟弟安呢

(1) 在理髮店

Chez le coiffeur

些 了 刮福赫

MP3-74

髮型 *n.f.*	coiffure 括副喝
照以前一樣	comme d'habitude 公麼 大逼度的
稍微剪短一些	un peu plus court 安 晡 普率死 故喝
短髮	cheveux courts 賒副 故喝
長髮	cheveux longs 賒副 攏
黑髮	cheveux noirs 賒副 努襪喝
金髮	cheveux blonds 賒副 不攏的
染髮	colorer les cheveux 勾摟嘿 壘 賒副
燙髮	faire une permanente 費喝 運呢 被喝媽弄得

離子燙	permanente inoique 被喝媽弄得 一諾逆個
陶瓷燙	permanente céramique 被喝媽弄得 塞嘿密個
大卷	cheveux bouclés 賒副 不可類
小卷	cheveux très frisés 賒副 太 府細賽
髮質	qualité de cheveux 咖歷代 的 賒副
護髮	soin de cheveux 算 的 賒副
時髦	à la mode 阿 拉 末的
流行 *n.f.*	mode 末的
復古	revenir au passé 喝佛逆喝 偶 巴賽
側分	mettre les cheveux à côté 妹特 壘 賒副 阿 勾帶
瀏海	frange des cheveux 鳳局 得 賒副
齊眉	couper le front au niveau de sourcil 估被 了 鳳 偶 你否 的 蘇細了
弄齊	mettre à plante 妹特 阿 普隆特

打薄	diminuer la volume des cheveux 滴咪女哀 拉 否率麼 得 賒副
刮鬍子 *v.*	raser 哈賽
修指甲	faire les ongles 費喝 壘 甕個了
厚 *adj.*	épais(e) 哀被（子）
薄 *adj.*	léger/ légère 勒結（喝）
輕 *adj.*	léger/ légère 勒結（喝）
重 *adj.*	lourd(e) 路喝的
光澤 *n.m.*	brillant 補吸用

（2）美容院

Salon de beauté

撒隆 的 撥代

MP3-75

皮膚保養	soin de peau 算 的 波帶
做臉	soin de visage 算 的 為薩局
膚質	qualité de la peau 嘎哩帶 的 拉 播

乾性 *adj.*	sec/ sèche 賽克 / 賽需
中性 *adj.*	normal(e) 諾喝罵了
油性 *adj.*	gras(se) 葛阿（斯）
混合性 *adj.*	mix 密克斯
面膜 *n.f.*	masque 罵斯個
清潔 *n.f.*	nettoyage 內朵阿軋舉
修眉	coiffer les sourcils 括費 壘 蘇細了
按摩 *n.m.*	massage 媽薩舉
去斑	anti-tâche 翁滴 大許
去皺紋	anti-ride 翁滴 細的
緊實的肌膚	la peau ferme 拉 波 費喝麼
深層呵護	soin profond 算 波鳳
容光煥發	la peau éclatante 拉 波 哀克拉動的

變漂亮了	devenir plus jolie 的佛逆喝 普率 週麗

(3) 郵局
La Poste
拉 撥司的

MP3-76

信封 *n.f.*	enveloppe 翁佛洛普
信紙	papier à lettre 巴皮耶 阿 類特
郵票 *n.m.*	timbre-poste 但補喝 波斯的
明信片	carte postale 尬喝的 波斯大了
卡片 *n.f.*	carte 尬喝的
普通郵件 *n.m.*	courrier 估溪耶
航空郵件	courrier aérien 估溪耶 阿哀西諺
掛號信	lettre recommendée 類特 喝公夢跌
包裹 *n.m.*	colis 勾麗
印刷品 *n.m.*	imprimé 安批妹

郵戳 *n.m.*	tampon 東蹦
蓋圖章 *v.*	tamponer 東蹦內
郵遞區號	code postal 夠的 波斯大了
簽名 *n.f.*	signature 吸納度喝
地址 *n.f.*	address 阿特哀斯
回郵信封	enveloppe timbrée 翁佛洛普 但普嘿
郵資	frais de port 費 的 波喝
秤重 *v.*	peser 波賽
收信人 *n.m.*	récepteur 嘿賽普得喝
寄信人 *n.m.*	expéditeur 愛克斯被迪得
傳真 *n.m.*	fax 法克斯
郵政匯款	virement postal 為喝夢 波斯大了
電報 *n.f.*	télégramme 帶類咖莫

(4) 銀行

A la banque

阿 拉 蹦個

MP3-77

帳戶	compte de banque 共的 的 蹦個
存摺	livret de banque 麗服嘿 的 蹦個
存錢	déposer d'argent 帶波賽 大喝中
活期存款	dépôts à vue 帶波 阿 裕
定期存款	dépôts à terme 帶波 阿 帶麼
利息 *n.m.*	intérêt 安呆嘿
領錢 *n.f.*	retirer d'argent 喝滴嘿 搭喝重
換錢	changer d'argent 凶接 大喝重
外幣兌換率 *n.m.*	taux d'échange 都 帶凶居
支票 *n.f.*	chèque 謝個
現金 *n.m.*	liquide 哩個易的

硬幣 *n.f.*	monnaie 摸內
紙鈔 *n.m.*	billet 逼業
零錢 *n.f.*	monnaie 摸內
歐元 *n.m.*	euro 喔後
美金	US dollar 淤哀死 都辣
日圓	yen 驗
台幣	yuan 員
人民幣	renminbi 人迷必

(5) 租房子

Louer une habitation

嚕耶 韻呢 阿幣大兄

MP3-78

租金 *n.m.*	loyer 魯挖業
仲介	agent d'immobilier 阿重 滴莫逼離業
房屋仲介商	agence d'immobilier 阿重死 滴莫逼離業

手續費	frais de service 肥 的 塞喝為斯
房東 *n.m. /f.*	propriétaire 波皮耶帶喝
房客 *n.m. /f.*	locataire 羅嘎帶喝
出租	à louer 阿 魯哀
合租 *n.f.*	louer ensemble 魯耶 翁頌補了
押金 *n.f.*	caution 勾凶
水電費	frais de l'eau et de l'éléctricité 肥 的 漏 哀 的 勒雷克滴攜帶
清潔費	frais de nettoyage 肥 的 內朵壓局
停車位	place de parking 補辣斯 的 巴喝坑
套房 *n.m.*	studio 斯賭淤底歐
雅房 *n.f.*	chambre 秀補喝
公寓 *n.m.*	appartment 阿巴喝的夢
齊全 *adj.*	complet 公補類

舒適 *adj.*	confortable 供佛喝大埔了
做飯	faire la cuisine 費喝 拉 骨淤信呢

(6) 修理
Réparer
黑巴嘿

MP3-79

壞掉	en panne 翁 罷呢
遺失 *adj.*	perdu 被喝賭
修理 *v.*	réparer 嘿巴嘿
更換 *v.*	changer 凶結
零件	pièce détachée 皮耶斯 帶大謝
保固期 *n.f.*	période de garantie 被攜幼的 的 嘎闕第
取貨日期	date de livraison 大的 的 麗府嘿縱
費用 *n.m.*	frais 肥

PART 13

人際互動篇

Relation humaine

呵啦秀 淤慢呢

(1) 家族

Famille

發密耶

MP3-80

爺爺 *n.m.*	grand-père 空 被喝
奶奶 *n.f.*	grande-mère 空的 妹喝
外公 *n.m.*	grand-père maternel 空 被喝 媽帶喝內了
外婆 *n.f.*	grande-mère maternele 空的 妹喝 媽帶喝內了
爸爸 *n.m.*	père 被喝
媽媽 *n.f.*	mère 妹喝
伯父 *n.m.*	oncle 甕克了
伯母 *n.f.*	tante 動的
叔叔 *n.m.*	oncle 甕克了
嬸嬸 *n.f.*	tante 動的

姑母 *n.f.*	tante 動的
姑丈 *n.m.*	oncle 甕克了
姐姐 *n.f.*	grande soeur 空的 色喝
妹妹 *n.f.*	petite soeur 補地的 色喝
哥哥 *n.m.*	grand frère 空 費喝
弟弟 *n.m.*	petit frère 補第 費喝
堂哥 *n.m.*	cousin 估讚
堂妹 *n.f.*	cousine 估進呢
表妹 *n.f.*	cousine 估進呢
兒子 *n.m.*	fils 府意思
女兒 *n.f.*	fille 府肆業
孫子 *n.m.*	grand-fils 空 府意思
孫女 *n.f.*	grande-fille 空的 府肆業

親戚	membre de la famille 夢補喝 的 啦 發密也
家庭 *n.f.*	famille 發密也
夫妻	marie et femme 媽細 哀 法麼
小孩 *n.m.*	enfant 翁鳳
長男	fils ainé 府意思 哀內
長女	fille ainée 府肆業 哀內
次男	second fils 色共的 府意思
次女	seconde fille 色共的 府肆業
老大	premier enfant de la famille 破米耶 翁鳳 的 拉 發密業
老么	plus petit de la famille 普率 補第 的拉 發密業
獨生子 *n.*	fils unique 府意思 淤逆個
獨生女	fille unique 府肆業 淤逆個

(2) 情緒
Emotion
耶摸秀

MP3-81

喜歡 *v.*	aimer 哀妹
高興 *adj.*	content(e) 公動（的）
幸福 *n.m.*	bonheur 崩訥喝
期待 *v.*	espérer 哀斯悲嘿
興奮	avec enthousiasme 阿費克 翁都溪軋斯麼
想念 *v.*	manquer 夢給
想家	penser à la famille 崩賽 阿 拉 發密業
生氣	en colère 翁 勾類喝
討厭 *v.*	détester 呆德斯帶
恨 *v.*	haïr 礙
嫉妒 *adj.*	jalous(e) 家路（子）
羨慕 *v.*	envier 翁為業

緊張 *adj.*	nerveux/ nerveuse 內喝佛（子）
傷心 *n.f.*	triste 替斯的
憂鬱 *adj.*	méloncolie 妹龍勾麗
煩惱 *v.*	s’inquiéter 桑個業帶
壓力 *n.f.*	pression 配兄
疼愛 *v.*	admirer 阿的咪嘿
倒霉	pas de chance 巴 的 秀斯
後悔 *v.*	regretter 喝各哀得
害羞 *adj.*	timide 滴密的
難過 *adj.*	triste 替斯的
驚訝 *adj.*	surpris(e) 蘇喝闢子
疲倦 *adj.*	fatigué(e) 發滴給
害怕	avoir peur de… 阿挖 播喝 的…

歡笑 *n.f.*	joie 抓
哭 *v.*	pleurer 普落嘿
膽小 *adj.*	craintif/ craintive 砍第府
丟臉	perdre la face 被喝特 拉 法死
噁心 *adj.*	dégoûtant 逮估動
肚子餓	avoir faim 阿襪 犯
吃飽	bien manger 變 夢結
口渴	avoir soif 阿襪 蘇襪府

(3) 外表 Apparence
阿巴闃司

MP3-82

高 *adj.*	grand(e) 空(的)
矮 *adj.*	petit(e) 補第(的)
胖 *adj.*	gros(se) 摳(死)

瘦 *adj.*	mince 慢死
可愛 *adj.*	mignon(ne) 咪弄（呢）
美麗漂亮 *adj.*	joli(e) 週麗
英俊（帥） *adj.*	beau 播
普通 *adj.*	normal(e) 諾喝罵了
健壯 *adj.*	fort(e) 佛喝（的）
體弱 *adj.*	faible 費補了
身高 *n.m.*	hauteur 歐得喝
體重 *n.m.*	poid 補襪
長頭髮	cheveux longs 賒副 龍
直頭髮	cheveux raides 賒副 害的
捲頭髮	cheveux bouclés 賒副 不可類
光頭	tête nue 代的 女

禿頭 *adj.*	chauve 受夫
黑頭髮	cheveux noirs 賒副 諾襪
白頭髮	cheveux gris 賒副 記

(4) 身體部位
Partie du corp
巴禾第 的與 夠和

MP3-83

頭 *n.f.*	tête 代的
臉 *n.m.*	visage 為薩居
臉頰 *n.m.*	jou 住
額頭 *n.m.*	front 瘋
頭頂 *n.m.*	vertex 為喝代課斯
頭髮 *n.m.pl.*	cheveux 賒副
眼睛 *n.m./pl.*	oeil/ yeux 惡耶 / 就
鼻子 *n.m.*	nez 內

眼睫毛 *n.m.*	cil 細了
瞳孔 *n.f.*	pupille 補必了
嘴巴 *n.f.*	bouche 不需
嘴唇 *n.f.*	lèvre 類府喝
鬍子 *n.f.*	moustache 幕斯大需
牙齒 *n.f.*	dent 動
舌頭 *n.f.*	langue 龍個
下顎 *n.f.*	mâchoire 夢屬襪喝
耳朵 *n.f.*	oreille 歐黑夜
脖子 *n.m.*	cou 故
肩膀 *n.f.*	épaule 哀播了
手臂 *n.m.*	bras 補哈
手肘 *n.m.*	coude 故的

中文	詞性	法文	讀音
手掌	*n.f.*	paume	播麼
手指	*n.m.*	doigt	多挖
指甲	*n.m.*	oncle	翁可了
胸	*n.f.*	poitrine	補挖停那
乳房	*n.f.*	buste	哺育斯的
腰	*n.m.*	rein	漢
腹部	*n.m.*	ventre	鳳特
臀部	*n.f.*	fesse	費斯
大腿	*n.f.*	cuisse	骨玉斯
肌肉	*n.m.*	muscle	母玉斯可了
膝蓋	*n.m.*	genou	者怒
小腿	*n.f.*	jambe	重柏
腳	*n.m.*	pied	皮耶

腳趾 *n.m.*	orteil 歐喝得耶
腳踝 *n.f.*	cheville 賒為耶
腳跟 *n.m.*	talon 搭龍
皮膚 *n.f.*	peau 波
肺 *n.m.*	poumon 晡莫
心臟 *n.m.*	coeur 格喝

Partie Ⅰ

認識法語字母和發音

Alphabet français et Alphabet phonétique

和世界上許多其他國家的文字一樣，法語也是拼音文字。法語是屬於拉丁字母，總共有26個字母，它的寫法完全和英文一樣，唯一不同的是法語的一些母音字母上面有一些特別的符號，它的作用主要是為了標示不同的發音。

法語有36個音素，其中有17個輔音，3個半輔音（又稱為半母音）。它的發音規則比英文簡單、有規律，所以只要掌握法語讀音的的幾個規則，一看到法文，你馬上就可以正確唸出來唷！

法語字母表 Alphabet français

MP3-84

大寫	小寫	讀音	中文音標
A	a	a	阿
B	b	be	杯
C	c	se	斯耶
D	d	de	得
E	e	ə	婀
F	f	ɛf	耶夫
G	g	ʒe	瑞耶
H	h	aʃ	阿失
I	i	i	衣
J	j	ʒi	瑞衣
K	k	ka	嘎
L	l	ɛl	耶了
M	m	ɛm	耶麼
N	n	ɛn	耶呢

O	o	o	歐
P	p	pe	盃
Q	q	ky	刻衣
R	r	ɛ:r	耶喝
S	s	ɛs	耶斯
T	t	te	得
U	u	y	迂
V	v	ve	非
W	w	dubləve	度撥了非
X	x	iks	衣科斯
Y	y	igrɛk	衣個黑科
Z	z	zɛd	若了

法語發音表 Alphabet phonétique

母音音素	半輔音	輔音音素
ɪ	j	p
e	w	t
ɛ	ɥ	k
a		b
ɔ		d
o		g
u		f
y		s
ø		ʃ
œ		v
ə		z
ɛ̃		ʒ
ɑ̃		l
ɔ̃		r
œ̃		m
		n
		ŋ

Partie II

走，去法國！從預旅訂機票到入關

Allons en France! De l'achat du billet d'avion à la douane

「浪漫」似乎可以直接和法國畫上等號；美麗的大自然、豐富的文化資源、精緻的工業文化、優美的語言等，這一切都是法國之所以浪漫的因子。想要來一趟徹頭徹尾的浪漫之旅嗎？那麼就從這個單元開始，學習道地的法語，展開你的法國之旅。

Unité 1 預訂機票 Réservation du billet d'avion

MP3-85

好用會話 Conversation

A: 法國航空公司，您好。	Air France, bonjour! 耶喝 夫鬨司 崩入喝
B: 先生您好，我要訂一張台北到巴黎的來回機票。	Bonjour Monsieur. Je voudrais réserver un billet aller-retour Taïpei-Paris. 崩入喝 麼司又 惹 夫的黑 黑瑞耶喝非 嗯 逼葉 阿累 衣喝度喝 台北衣巴喝衣
A: 先生，請問您的大名？	Votre nom, Monsieur? 佛痛喝 弄 麼司又
B: 我叫李林。	Je m'appelle Li Lin. 惹 媽揹了 李林
A: 李先生，請問您要預訂什麼時候的機票？	Monsieur Li, vous voudriez partir quel jour? 麼司又 李 夫 夫的喝葉 巴喝敵喝 給了 入喝
B: 去程是5月15日，回程為5月30日。	Le quinze mai pour l'aller et le trente mai pour le retour. 了 干子 妹 不喝 拉累 耶 了 痛鬨痛 妹 不喝 了 喝度喝
A: 請您稍待一下。	Un instant, s'il vous plaît. 嗯捻司洞 西了 夫 撲累

B: 有座位嗎?	Il y a des places? 衣粒牙 得 撲辣司
A: 去程是5月15日早上10:30，可以嗎？	Le vol du quinze mai, dix heures trente. Ça vous convient? 丟 干子 妹 弟熱喝 痛闐痛 撒 夫 公風衣顏
B: 可以。那回程呢？	Oui. Et le retour? 烏衣 耶 了 喝讀喝
B: 回程是5月30日下午2:30，好嗎？	Pour le retour, le trente mai à quatorze heures trente. D'accord? 不喝 了 喝度喝 了 痛闐痛 梅 阿 嘎都熱喝 痛闐痛 打狗喝
A: 好的，謝謝您。	Bon, merci. 蹦 每喝西

好用例句輕鬆學 Exemples

1 我要買1張台北到巴黎的單程機票。	Je voudrais réserver un billet aller simple Taïpei-Paris. 惹 夫的黑 黑瑞耶喝非 嗯 逼耶 阿雷 散撲了 台北衣巴喝衣
2 我要買2張台北到巴黎的來回機票。	Je voudrais réserver deux billets aller-retour Taïpei-Paris. 惹 夫的黑 黑瑞耶喝非 的 逼耶 阿雷衣喝度喝 台北衣巴喝衣
3 我想訂一張經濟艙的機票。	Je voudrais un billet en classe économique. 惹 夫的黑 黑瑞耶喝非 嗯 逼耶 翁 科辣司 耶勾呢密科
4 我想訂一張商務艙的機票。	Je voudrais un billet en classe affaires. 惹 夫的黑 嗯 逼耶 翁 科辣司 阿費喝
5 我想訂一張頭等艙的機票。	Je voudrais un billet en première classe. 惹 夫的黑 嗯 逼耶 翁 撲侯咪耶喝 科辣司
4 哪一家航空公司的機票比較便宜？	Le billet de quelle compagnie aérienne est le moins cher? 了 逼耶 的 給了 公巴捏 阿耶嘻燕呢 耶 了 棉 學喝
5 我是學生，有優惠嗎？	Je suis étudiant. Y a-t-il une réduction? 惹 司烏衣蕊丟滴用 鴉敵了 淤呢 黑丟科兄

6 現在有特別折扣嗎？	Y a-t-il des réductions en ce moment? 鴉敵了 得 黑丟科兄 蓊 色 摸濛

單字聯想大會串 Vocabulaire

1 預訂 *v.*	réserver 黑瑞耶喝費
2 預訂 *n. f.*	réservation 黑瑞耶喝發兄
3 飛機 *n. m.*	avion 阿非用
4 機票 *n. m.*	billet d'avion 逼耶搭非用
5 來回 *n. m.*	aller-retour 阿雷衣喝度喝
6 單程 *n. m.*	aller simple 阿雷 散潑了
7 方便 *v.*	convenir 公夫逆喝
8 經濟艙 *n. f.*	classe économique 科辣司 耶勾呢密科
9 商務艙 *n. f.*	classe affaires 科辣司 阿費喝
10 頭等艙 *n. f.*	première classe 潑侯咪耶喝 科辣司
11 促銷 *n. f.*	promotion 潑侯摸兄
12 減價；折扣 *n. f.*	réduction 黑丟科兄

13 機場 *n. m.*	aéroport 阿耶侯播喝
14 起飛；出發 *n. m.*	départ 得爸喝
15 價格 *n. m.*	prix/tarif 潑喝衣 / 搭嘻義夫

Unité 2 辦理登機手續 Formalités d’embarquement MP3-86

好用會話 Conversation

A: 請問要到法國巴黎是在這裡辦理登機手續嗎？	Excusez-moi, c’est ici qu’on fait les formalités d’embarquement? 耶科司刻悠蕊摸哇 些 衣西 拱非 壘 否喝媽哩得 冬巴喝個夢
B: 是的，先生。	Oui, Monsieur. 烏衣 麼司又
A: 請問我要給您哪些證件？	Quels papiers dois-je vous fournir? 給了 巴披耶 大烏啊衣惹 夫 夫喝逆喝
B: 只要機票和護照就可以了。	Le billet et le passeport. 了 逼耶 耶 了 巴司播喝
A: 好的，在這裡。	Bien, les voici. 逼燕 壘 非哇西
B: 請問您有行李要托運嗎？	Vous avez des bagages à enregistrer? 夫日啊肥 得 巴嘎居 阿 翁喝居司特黑
A: 是的，有2件。有超重嗎？	Oui, j’en ai deux. Ça dépasse? 烏衣 嚷餒 的 撒 得拔司
B: 您的行李不到20公斤，沒有超重。	Non, vos bagages n’atteignent pas vingt kilos. 弄 否 巴嘎居 拿得揑 巴 翻 刻衣囉
A: 請問從台北到巴黎要飛多久？	Combien de temps dure le vol Taïpei-Paris? 公逼淹 的 冬 丟悠喝 了 佛了 台北衣巴喝衣

B: 實際飛行時間是15個小時。	Le trajet réel est de quinze heures. 了 痛哈揭 黑葉了 耶 的 干熱喝
B: 謝謝！祝您日安愉快。	Merci. Bonne journée! 每喝席 本呢 如喝內

好用例句輕鬆學 Exemples

1 我應該去哪裡辦理登機手續？	Où dois-je aller faire les formalités d'embarquement? 烏 大烏啊衣惹 阿雷 肥喝 壘 否喝媽哩得 冬巴喝個夢
2 請問法國航空公司的櫃檯在哪裡？	Où est le comptoir d'Air France? 烏 耶 了 公大烏啊喝 得喝 夫闌司
3 法國航空公司的櫃檯應該怎麼走？	Le comptoir d'Air France, c'est par où? 了 公大烏啊喝 得喝 夫闌司 些 巴喝 無
4 這是我的機票和護照。	Voici mon billet et mon passeport. 佛哇西 矇 逼耶 耶 矇 拔司播喝
5 我總共帶了5件行李。	J'ai en tout cinq bagages 瑞耶 翁 嘟 三科 巴尬居
6 我的行李超重幾公斤？	De combien de kilos mes bagages dépassent-ils? 公逼淹 的 刻衣囉 每 巴嘎居 得巴司敵了

單字聯想大會串 Vocabulaire

1 手續；程序 *n. f.*	formalité 否喝媽哩得
2 登機 *n. m.*	embarquement 翁巴喝個夢
3 文件；證件 *n. m.*	papier 巴披葉
4 護照 *n. m.*	passeport 巴司播喝

5 登機證 *n. f.*	carte d'embarquement/fiche d'embarquement 尬喝特 冬巴喝個夢 / 佛衣噓 冬巴喝個夢
6 行李 *n. m.*	bagage 巴尬居
7 托運 *v.*	enregistrer 翁喝居司痛黑
8 持續；延續 *v.*	durer 丟黑
9 行程；路程 *n. m.*	trajet 痛哈揭
10 櫃檯 *n. m.*	comptoir 公大烏啊喝
11 超出 *v.*	dépasser/excéder 得巴謝 / 耶科些得
12 超出的 *a.*	excédent 耶科些洞
13 出境 *n. f.*	sortie 搜喝地
14 海關 *n. f.*	douane 嘟阿呢
15 海關人員 *n. m.*	douanier(douanière) 嘟阿逆葉（嘟阿逆葉喝）

Unité 3 機上服務 Service de bord

MP3-87

好用會話 Conversation

A: 現在我可以解開安全帶了嗎？	Je peux détacher la ceinture de sécurité? 惹 薄 得搭學 拉 桑欲喝 的 誰割迂嘻得

B: 可以的。先生，您想喝點什麼飲料嗎？	Oui, Monsieur. Qu'est-ce que je vous sers comme boisson? 烏衣 麼司又 給司個 惹 夫 誰喝 狗麼 撥哇松
A: 請給我一杯蘋果汁。	Donnez-moi un verre de jus de pomme, s'il vous plaît. 都餒摸哇 嗯 肥喝 的 居 的 播麼 西了 夫 撲累
B: 您還需要什麼嗎？	Autre chose? 歐痛喝 修子
A: 不用了。對了，請問什麼時候吃晚餐？	Non, merci. Dans combien de temps le dîner sera servi? 農 每喝西 冬 公逼淹 的 咚 了 滴餒 色哈 些喝佛衣
B: 1個小時後。	Dans une heure. 冬 淤諾喝
A: 我覺得有點冷，麻煩您再給我一條毯子。	J'ai un peu froid, apportez-moi une autre couverture, s'il vous plaît. 瑞耶 嗯 撥ㄜ 夫畫 阿波喝得摸哇 淤呢特喝 姑非喝丟悠喝 西了 夫 撲累
B: 沒問題，待會兒我就幫您送來。	Pas de problème, je vais vous l'apporter tout de suite. 巴 的 撲侯撥累麼 惹 非 夫 拉波喝得 嘟 的司烏衣特
A: 另外，順便請您再給我一份報紙。	D'ailleurs, apportez-moi un journal, s'il vous plaît. 搭又喝 阿波喝得摸哇 嗯 入喝那了 西了 夫 撲累
B: 就這些嗎？	Rien d'autre? 喝衣淹 抖痛喝
A: 是的，就這樣了。	Non, merci. 弄 每喝西
B: 那麼請您稍待一下。	Bien, attendez un moment, s'il vous plaît. 逼燕 阿冬得 嗯 麼夢 西了 夫 撲累

好用例句輕鬆學 Exemples

1 我現在還要繫安全帶嗎？	Dois-je toujours attacher la ceinture de sécurité? 大烏啊衣惹 嘟入喝 阿搭學 拉 桑丟悠喝 的 誰刻悠嘻得
2 請問飛機什麼時候起飛？	Quand l'avion va décoller, s'il vous plaît? 公 拉佛衣庸 伐 得勾累 西了 夫 撲累
3 請問待會兒供應什麼餐點？	Quel repas on offre tout à l'heure? 給了 喝巴 翁 嘔夫喝 嘟搭 樂喝
4 我想喝杯咖啡。	Je voudrais un café. 惹 夫的黑 嗯 嘎費
5 我需要一條毯子和一個枕頭。	J'ai besoin d'une couverture et d'un oreiller. 瑞耶 撥瑞ㄋ 丟呢 姑非喝丟悠喝 耶 等呢黑耶
6 請再給我一個枕頭。	Donnez-moi un autre oreiller, s'il vous plaît. 都餒摸哇 嗯呢痛喝 歐黑葉 西了 夫 撲累
7 請給我一份雜誌。	Donnez-moi une revue, s'il vous plaît. 都餒摸哇 淤呢 喝肺衣 西了 夫 撲累
8 我有點想吐。	J'ai la nausée. 瑞耶 拉 呢瑞

單字聯想大會串 Vocabulaire

1 解開 *v.*	détacher 得搭穴
2 安全帶 *n.f.*	ceinture de sécurité 三丟又喝 的 誰刻悠嘻得
3 帶來；提供 *v.*	apporter 阿波喝得

4 報紙 *n. m.*	journal 如喝那了
5 雜誌 *n. f.*	revue 喝肺悠
6 繫；綁 *v.*	attacher 阿搭穴
7 起飛 *v.*	décoller 得勾累
8 機長 *n. m.*	commandant de bord 勾矇冬 的 播喝
9 座艙長 *n. m.*	maître d'équipage 梅痛喝 得刻衣爸吉
10 空服人員 *m.f./n. m.*	hôtesse/steward 歐得司 / 司滴臥兒托
11 地勤人員 *n. m.*	personnel à terre 揹喝搜餒了 阿 得喝
12 緊急按鈴 *n. m.*	bouton d'urgence 逋洞 丟喝匠司
13 閱讀燈 *n. f.*	lampe de lecture 龍潑 的 雷科丟又喝
14 耳機 *n. m.*	casque 尬司科
15 盥洗室 *n. f. pl.*	toilettes 大烏啊累特
16 不舒服 *loc.*	se sentir mal 色 松敵喝 罵了

17 暈機 *loc.*	avoir le mal de l'air 阿佛哇喝 了 麻了 的 累喝
18 耳鳴 *n. m.*	bourdonnement 不喝都呢夢

Unité 4 過境和轉機 Transit et correspondance MP3-88

好用會話 Conversation

A: 我要轉機到巴黎，是在這裡辦理登機手續嗎？	Je dois changer d'avion pour Paris. C'est ici qu'on fait les formalités? 惹 大烏啊 香解 搭佛庸 不喝巴喝衣 些 一西 拱 非 壘 佛喝媽哩得
B: 是的，請讓我看您的機票和護照。	Oui. Votre billet et passeport, s'il vous plaît. 烏義 佛痛喝 逼耶 耶 拔司播喝 西了 夫 撲累
A: 好了，您的登機門在10號門。	Voilà, c'est la porte d'embarquement numéro dix. 佛哇啦 些 拉 波喝痛 冬巴喝個夢 女每侯 地司
B: 謝謝。請問我什麼時候再登機？	Merci. Quand puis-je embarquer? 每喝西 拱 撥衣 衣惹 翁巴喝給
A: 10：45分您就可以登機了。	Vous pouvez embarquer à dix heures quarante-cinq. 夫 逋肥 翁巴喝給 阿 滴熱喝 嘎烘特衣散科
B: 謝謝。祝您日安愉快。	Merci. Bonne journée! 每喝席 本呢 如喝內

好用例句輕鬆學 Exemples

1 我還需要再辦理一次登機報到手續嗎？	Je dois refaire les formalités d'embarquement? 惹 大烏啊 喝費喝 壘 佛喝媽哩得 冬巴喝個夢

2 請問法國航空公司的轉機櫃檯在哪裡？	Où est le comptoir de correspondance d'Air France? 烏 耶 了 公大烏啊喝 的 勾黑司崩洞司 得喝 夫闊司
3 這裡是飛往巴黎206號班機的轉機櫃檯嗎？	Est-ce le comptoir de correspondance du vol deux cent six à destination de Paris? 耶司 了 公大烏啊喝 的 勾黑司崩洞司 丟 佛了 的 松 席司 阿 得司滴娜兒 的 巴喝衣
4 我要在幾號登機門登機？	Je dois aller par quelle porte d'embarquement? 惹 大烏啊 阿雷 拔喝 給了 波喝痛 冬巴喝個濛
5 10號登機門該怎麼走？	La porte d'embarquement numéro dix, c'est par où? 拉 播喝痛 冬巴喝個矇 女梅侯 地司 些 巴喝 無
6 我現在可以登機了嗎？	Je peux embarquer maintenant? 惹 薄 翁巴喝給 免的農

單字聯想大會串 Vocabulaire

1 直飛班機 *n. m.*	vol direct 佛了 滴黑科痛
2 直達班機 *n. m.*	vol sans escale 佛了 松瑞耶司尬了
3 轉機櫃檯 *n. m.*	comptoir de correspondance 公大烏啊喝 的 勾黑司崩洞司
4 轉機旅客 *n. m. pl.*	passagers en correspondance 巴撒揭 翁 勾黑司崩洞司
5 轉機休息室 *n. f.*	salle de correspondance 灑了 的 勾黑司崩洞司
6 再報到 *v.*	recomfirmer sa place 喝公佛一喝梅 灑 潑辣司

7 過境櫃檯 *n. m.*	comptoir de transit 公大烏啊喝 的 痛烘季痛
8 過境旅客 *n. m. pl.*	passagers en transit 巴撒揭 的 痛烘季痛
9 再登機 *v.*	réembarquer 黑翁巴喝給
10 班次顯示螢幕 *n. m.*	tableau des horaires 搭ㄅ樓 得 歐黑喝

Unité 5 入境審查 Contrôle des passeports MP3-89

好用會話 Conversation

A: 您好。請給我您的護照、機票、旅客入境登記表。	Bonjour. Votre passeport, billet et la fiche de débarquement, s'il vous plaît. 崩入喝 佛痛喝 拔司波喝 逼耶 拉 佛衣噓 的 得巴喝個夢 西了 夫 撲累
B: 好的，就在這裡。	Bien, les voici. 逼燕 壘 佛哇西
A: 您來法國的目的是什麼？	Quel est l'objectif de votre voyage en France? 給雷 囉撥揭科地夫 的 佛痛喝 佛哇訝居 翁 夫闌司
B: 我是來旅行的。	Je suis touriste. 惹 司烏衣 嘟喝衣、司痛
A: 您會在法國待多久？	Combien de temps vous allez rester en France? 公逼淹 的 冬 夫日啊雷 黑司得 翁 夫闌司
B: 我會在法國停留15天。	Je resterai quinze jours. 惹 黑司得黑 干子 入喝
A: 您在法國的最終目的地是哪裡？	Quelle est votre destination en France? 給雷 佛痛喝 得司滴娜兒 翁 夫闌司

B: 馬賽。	Marseille. 媽喝斯葉一
A: 您有什麼東西要申報嗎？	Vous avez quelque chose à déclarer? 夫日啊肥 給了個 秀子 阿 得科拉黑
B: 我想沒有。	Je pense que non. 惹 崩司 個 弄

好用例句輕鬆學 Exemples

1 我是來法國洽公的。	Je suis venu en France pour affaires. 惹 司烏衣 佛女 翁 夫闖司 逋哈費喝
2 我是來法國開會的。	Je suis venu en France pour une réunion. 惹 司烏衣 佛女 翁 夫闖司 不喝 淤呢 黑淤ㄋ用
3 我是來法國學語言的。	Je suis venu en France pour apprendre la langue. 惹 司烏衣 佛女 翁 夫闖司 不喝 阿撲烘的喝 拉 龍個
4 我只在法國停留5天。	Je ne resterai en France que pendant cinq jours. 惹 呢 黑司得黑 翁 夫闖司 個 崩冬 三個 入喝
5 5天之後，我就會離開法國。	Je vais quitter la France dans cinq jours. 惹 肥 刻衣得 拉 夫闖司 冬 三個 入喝
6 我在法國的最後一個目的地是馬賽。	La destination finale de mon voyage en France est Marseille. 拉 得司滴娜兄 佛一那了 的 矇 佛哇訝居 翁 夫闖司 耶 媽喝斯葉一
7 波爾多是我在法國的最後一站。	Bordeaux sera la destination finale de mon circuit en France. 波喝都 色哈 拉 得司滴娜兄 佛一那了 的 矇 西喝刻悠 翁 夫闖司

單字聯想大會串 Vocabulaire

1 入境登記表 *n. f.*	fiche de débarquement 佛衣噓 的 得巴喝個夢
2 觀光客 *n. m.*	touriste 嘟嘻義司痛
3 停留；延續 *v.*	rester 黑司得
5 申報 *v.*	déclarer 得科拉黑
6 數位相機 *n. m.*	appareil photo numérique 阿巴黑一 佛都 女梅嘻義科
7 事務；業務 *n. f. pl.*	affaires 阿費喝
8 會議 *n. f.*	réunion 黑淤ㄋ用
9 學生簽證 *n. m.*	visa étudiant 佛一撒 耶丟滴用
10 觀光簽證 *n. m.*	visa de tourisme 佛一撒 的 嘟嘻義司麼
11 自助旅行 *v.*	voyager seul 佛哇鴉揭 色了
12 本國人 *n.*	indigène 恩滴介呢
13 非本國人 *n. m.*	étranger(étrangère) 耶痛輿介（耶痛輿介喝）

Partie Ⅲ

找個舒適的窩：投宿旅館

Un bon nid: A l'hôtel

在旅途中，為自己找一個暫時歇腳的地方很重要。本篇章包含了以下5個單元，告訴你如何溜法語，為自己找一個「合意」的旅館。

Unité 1 預約訂房 Réservation d'une chambre MP3-90

好用會話 Conversation

A: 您好，先生。三個星期前，我訂了一間今天晚上的單人房。	Bonjour, Monsieur. J'ai réservé une chambre pour cette nuit il y a trois semaines. 崩入喝 麼司又 瑞耶 黑瑞耶喝肥 淤呢 向ㄅ喝 不喝 斯耶痛 ㄆㄧ 一哩鴉 痛滑 色面呢
B: 先生，請問您什麼大名？	Votre nom, s'il vous plaît, Monsieur? 佛痛喝 農 西了 夫 撲累 麼司又
A: 我叫李林。	Je m'appelle Li Lin. 惹 媽揹了 李林
B: 李先生，您有帶訂房證明嗎？	Monsieur Li, vous avez le reçu? 麼司又 李 夫日啊肥 了 喝徐
A: 有的，在這裡。	Oui, le voici. 烏衣 了 佛哇西
B: 我找到您登錄的名字了。	J'ai trouvé votre nom. 瑞耶 痛戶肥 佛痛喝 弄
A: 請問我可以延長多住一晚嗎？	Je peux différer d'une nuit? 惹 ㄅㄜˊ 滴非黑 淤呢 ㄆㄧ

B: 很抱歉，我們的房間都已經客滿了。	Pardon, on est complet. 巴喝冬 翁那 公撲累
A: 那附近是否還有其他旅館？	Il y a d'autres hôtels dans les environs? 一哩鴉 都痛喝肉得了 冬 壘嚷佛一洪
B: 或許您可以試試下一條街的羅西尼旅館。	Eh bien, vous pouvez essayer l'Hôtel de Rosiny situé sur l'autre rue. 耶 逼淹 夫 逋非 耶斯耶耶 囉得了 的 侯西泥 西ㄉㄩ耶 徐喝 漏痛喝 喝ㄩ丶
A: 您有那家旅館的電話號碼嗎？	Vous avez leur numéro de téléphone? 夫日啊肥 樂喝 女梅侯 的 得雷否呢
B: 我找找看。找到了，它的電話號碼是：02 47 05 42 07。	Voyons voir...le voilà. C'est le 02 47 05 42 07. 佛哇庸 佛哇喝 了 佛哇啦 些 了 瑞耶侯.的 嘎痛喝.斯葉痛 瑞耶侯.散科 嘎痛喝.的 瑞耶侯. 斯葉痛
A: 謝謝。	Merci beaucoup. 梅喝西 波姑

好用例句輕鬆學 Exemples

1 一個禮拜前我訂了一間單人房。	J'ai réservé une chambre simple il y a une semaine. 瑞耶 黑瑞耶喝肥 淤呢 詳ㄅ喝 散ㄅ了 一哩鴉 淤呢 色面呢
2 二個禮拜前我訂了一間雙人房。	J'ai réservé une chambre double il y a deux semaines. 瑞耶 黑瑞耶喝肥 淤呢 詳撥喝 度撥了 一哩鴉 的 色面呢
3 我忘了帶訂房證明了。	J'ai oublié d'apporter le reçu. 瑞耶 烏撥裡耶 搭波喝得 了 喝序
4 您可以找人幫我提行李嗎？	Vous pouvez faire monter mes bagages? 夫 逋肥 肥喝 矇得 每 巴嘎居

5 不可能，我的確事先預訂了。	C'est impossible. J'ai déjà réservé! 些 耶麼波夕撥了 瑞耶 得家 黑瑞耶喝肥
6 請問還有空房嗎？	Vous avez des chambres libres? 夫日啊肥 得 向撥喝 梨撥喝
7 我要找一間便宜點的旅館。	J'aimerais un hôtel bon marché. 瑞耶麼黑 嗯呢得了 崩 媽喝穴

單字聯想大會串 Vocabulaire

1 住宿；居住 *n. m.*	logement 囉居夢
2 延長 *v.*	différer 滴非黑
3 滿的 *a.*	complet/plein 公潑累 / 潑累ㄣ
4 四周；附近 *n. m. pl.*	environs 翁佛一閧
5 單人房 *n. f.*	chambre simple 詳ㄣ喝 散ㄣ了
6 雙人房 *n. f.*	chambre double 詳ㄣ喝 度ㄣ了
7 雙人床 *n. m.*	lit à deux places 梨 阿 得 潑辣司
8 便宜的 *a.*	bon marché 崩 媽喝穴
9 鑰匙 *n. f.*	clé 科累
10 預付 *loc.*	verser une caution 非喝瑞耶 淤呢 勾兄

11 訂金 *n. f. pl.*	arrhes 阿喝
12 網路預訂 *n. f.*	réservation par internet 黑瑞耶喝發兄 拔喝 恩得喝內

Unité 2 辦理住宿手續 Formalités d'hôtel MP3-91

好用會話 Conversation

A: 兩晚的住宿費用是30歐元。	Ça fait trente euros pour deux nuits. 撒 非 痛烘痛 さ候 不喝 的 女一
B: 很抱歉，我只有200歐元。	Pardon, je n'ai que deux cents euros. 巴喝冬 惹 餒 個 的 松 さ候
A: 沒關係。	Ce n'est pas grave. 色 餒 巴 個哈夫
B: 這是200歐元。	Voici deux cents euros. 佛哇西 的 松 さ候
A: 找您170歐元。	Je vous rends cent soixante-dix euros. 惹 夫 紅 松 司哇松特衣敵司 さ候
B: 請問您晚上幾點關門？	A quelle heure ferme-t'on la porte? 阿 給樂喝 翁 非喝麼冬 拉 播喝特
A: 晚上10:00，不過我會給您大門的鑰匙。	A vingt-deux heures. Mais je vais vous donner une clé. 阿 翻衣的熱喝 每 惹 非 扶 都餒 淤呢 科累
B: 太好了，那我就放心了。	Tant mieux! Je serai tranquille. 冬 咪又 惹 色黑 痛烘刻衣丶了
A: 您的房間號碼是12號。	Vous avez la chambre numéro douze. 夫日啊肥 拉 向撥喝 女梅侯 度子
B: 謝謝，祝您晚安愉快。	Merci. Bonne soirée. 每喝席 崩呢 刷黑

好用例句輕鬆學 Exemples

1 單人房一晚的住宿費用是多少？	Combien faut-il pour une chambre simple par nuit? 公逼淹 否地了 不喝 淤呢 詳撥喝 散撥了 巴喝 女二
2 雙人房一晚的住宿費用？	Combien faut-il pour une chambre double par nuit? 公逼淹 否地了 不喝 淤呢 詳撥喝 度撥了 巴喝 女二
3 很抱歉，我沒有零錢。	Désolé, je n'ai pas de monnaie. 得揉累 惹 餒 巴 的 麼內
4 我的房間在哪一層樓？	A quel étage est ma chambre? 阿 給雷大居 耶 媽 向撥喝
5 我的房間號碼是幾號？	Quel est le numéro de ma chambre? 給雷 了 女梅侯 的 媽 向撥喝
6 我什麼時候應該把鑰匙還給你？	Quand dois-je vous rendre la clé? 拱 大烏啊衣惹 夫 洪的喝 拉 科累
7 我什麼時候一定要離開？	Quand dois-je libérer la chambre? 拱 大烏啊衣惹 梨揹黑 拉 向撥喝
8 電梯在哪裡？	Où est l'ascenseur? 烏 耶 拉松色喝

單字聯想大會串 Vocabulaire

1 還；找回 *v.*	rendre 閧的喝
2 樓；樓層 *n. m.*	étage 耶大居
3 硬幣 *n. f.*	pièce de monnaie 披耶司 的 摸內

4 零錢 *n. f.*	monnaie 摸內
5 離開 *v.*	quitter ㄍ一得
6 電梯 *n. m.*	ascenseur 阿松色喝
7 樓梯 *n. m.*	escalier 耶司嘎哩葉
8 現金 *pl.*	espèces 耶司背司
9 付現	payer en espèces 揹耶 翁餒司被司
10 信用卡 *n. f.*	carte de crédit 尬喝特 的 科黑地
11 刷卡 *loc.*	payer par carte de crédit 揹耶 拔喝 尬喝特 的 科黑地
12 旅行支票 *n. m.*	chèque de voyage 穴科 的 佛哇訝居

Unité 3 臨時電話訂房 Réservation provisoire par téléphone MP3-92

好用會話 Conversation

A: 先生，您好，請問您們還有雙人房嗎？	Bonjour, Monsieur. Vous avez une chambre double, s'il vous plaît? 崩入喝 麼司又 夫日啊肥 淤呢 向撥喝 都撥了 西了夫 撲累
B: 有的。您要預訂嗎？	Oui. Vous en voulez une? ㄨㄧˊ 夫冗 夫雷 於呢

A: 我可以先了解一下價錢嗎？	Je voudrais d'abord connaître le prix. 惹 夫的黑 搭波喝 勾餒痛喝 了 撲喝衣
B: 雙人房有附浴室的是20歐元，沒有浴室的是19歐元。	Vingt euros pour une chambre double avec salle de bain et dix-neuf sans salle de bain. 翻 ㄜ侯 不喝 淤呢 詳撥喝 度撥了 阿非科 灑了 的 笨 耶 滴司呢夫 松 灑了 的 笨
A: 那我要一間附浴室的雙人房。	Bien, je veux une chambre avec salle de bain. 逼燕 惹 佛 淤呢 向ㄅ喝 阿非科 撒了 的 笨
B: 請問您要住幾天？	Combien de jours voulez-vous rester? 公逼淹 的 入喝 夫雷衣夫 黑司得
A: 一個晚上。	Une nuit. 淤呢 女一
B: 好的。請告訴我您的姓名。	Votre nom, s'il vous plaît. 否痛喝 農 西了 夫 撲累
A: 我叫李林。	Li Lin. 李林
B: 李先生，我已經為您登記好了。	J'ai déjà noté pour vous, Monsieur Li. 瑞耶 得家 呢得 不喝 付 麼司又 李
A: 謝謝。待會兒見。	Merci. A tout à l'heure! 每喝西 阿 嘟搭 樂喝
B: 沒問題，待會兒見。	Pas de problème. A tout à l'heure! 八 的 撲侯ㄅ累麼 阿 嘟搭 樂喝

好用例句輕鬆學 Exemples

1 我想要預訂一間附有浴室的雙人房。	Je veux une chambre double avec salle de bain. 惹 佛 淤呢 詳撥喝 度撥了 阿非科 撒了 的 笨

2 我要一間不附浴室的單人房。	Je veux une chambre simple sans sans salle de bain. 惹 佛 淤呢 詳撥喝 散撥了 松 灑了 的 笨
3 我要住兩個晚上。	Je dois passer deux nuits. 惹 大烏啊 巴誰 的 女一
4 我只住一個晚上。	Je ne passe qu'une nuit. 惹 呢 拔司 跟 女一
5 有沒有更便宜一點的？	Il y en a encore moins cher? 一哩庸拿 翁夠喝 免 學喝
6 這樣就可以了嗎？	C'est fait? 些 肥
7 10分鐘後，我就會到達旅館。	J'arriverai à l'hôtel dans dix minutes. 家喝衣匚黑 阿 囉得了 冬 滴司 咪女痛
8 我很快就會到達旅館。	Je vais bientôt arriver à l'hôtel. 惹 肥 逼淹都 阿喝衣非 阿 囉得了

單字聯想大會串 Vocabulaire

1 青年旅館 *n. m.*	auberge de jeunesse 歐貝喝居 的 糾內司
2 住民宿	loger chez l'habitant 囉揭 薛 拉逼洞
3 電視 *n. f.*	télévision 得雷佛一冗
4 遙控器 *n. f.*	télécommande 得雷勾夢的
5 冰箱 *n. m./n. m.*	réfrigérateur/frigo 黑夫喝衣揭哈特喝 / 夫喝衣夠
6 床 *n. m.*	lit 粒

7 床罩；床單 *n. m.*	drap 的哈
8 枕頭 *n. m.*	oreiller 歐黑葉
9 毛巾 *n. f.*	serviette 些喝佛一葉特
10 牙膏 *n. f.*	dentifrice 冬滴夫嘻義司
11 牙刷 *n. f.*	brosse à dents ㄅ侯撒 洞
12 香皂 *n. f.*	savonnette 撒否內特
13 沐浴乳 *n. f.*	crème de douche 科黑麼 的 度噓
14 洗髮精 *n. m.*	shampooing 香ㄅㄨㄢˋ

Unité 4 要求換房 Demander à changer de chambre MP3-93

好用會話 Conversation

A: 先生，您的房間到了。	Voici votre chambre, Monsieur. 佛哇西 佛痛喝 麼司又
B: 對不起，這房間的門好像不能鎖。	Pardon, la porte de cette chambre ne peut être fermée à clé. 巴喝冬 拉 播喝特 的 些特 向撥喝 呢 薄 耶痛喝 非喝梅 阿 科累
A: 讓我檢查一下。這門的確是壞掉了，我再幫您換一間。	Laissez-moi voir. Cette porte est vraiment cassée. Je vais vous changer de chambre. 雷些衣摸哇 佛襪喝 些特 播喝特 夫黑矇 嘎斯葉 惹非 撚 香揭 的 向撥喝

B: 麻煩您了。	Désolé pour tout ce dérangement. 得揉累 不喝 嘟 色 得烘居夢
A: 我想這間應該沒問題了。	Je pense que cette chambre est parfaitement bonne. 惹 崩司 個 些特 向撥喝 耶 巴喝非的朦 播呢
B: 嗯，就這一間了。	Bon, je prends celle-ci. 蹦 惹 撲烘 些了夕
A: 如果您有任何問題，請隨時告訴我。	Appelez-moi à tout moment si vous avez des problèmes. 阿撥雷衣摸哇 阿 嘟 麼夢 西 夫日啊肥 得 撲侯撥累麼
B: 我會的。謝謝。	D'accord, merci. 搭夠喝 每喝西
A: 請稍待一下，我現在去拿新的鑰匙來給您。	Un moment, s'il vous plaît, je vais vous apporter la nouvelle clé. 嗯 摸夢 西了 夫 撲累 惹 非 扶瑞啊波喝得 拉 奴非了 科累
B: 謝謝。	Merci. 每喝西

好用例句輕鬆學 Exemples

1 這房間的門壞掉了。	La porte de cette chambre est cassée. 拉 播喝特 的 些特 向撥喝 耶 科累
2 這房間的窗戶不能關。	La fenêtre de cette chambre est cassée. 拉 夫餒痛喝 的 些特 向撥喝 耶 嘎斯葉
3 浴室裡的水龍頭打不開。	Le robinet de la salle de bain ne marche pas. 了 侯逼餒 的 拉 撒了 的 笨 呢 罵喝虛 吧
4 這房間有一股怪味道。	Il y a une drôle d'odeur dans cette chambre. 一哩鴉 淤呢 的侯了 都的喝 冬 些特 向撥喝

5 我想要換另一間房間。	Je voudrais changer de chambre. 惹 夫的黑 向揭 的 向撥喝
6 你可以換另一間房間給我嗎？	Pouvez-vous changer une autre chambre pour moi? 不非衣扶 向揭 淤呢痛喝 向撥喝 不喝 摸哇
7 我需要重新辦理住宿登記嗎？	Je dois refaire l'enregistrement d'hôtel? 惹 大烏啊 喝非喝 龍喝居司痛喝矇 都得了
8 你們有提供沐浴乳嗎？	Y a-t-il de la crême de douche dans la chambre? 鴉敵了 的 拉 科黑麼 的 度噓 冬 拉 向撥喝

單字聯想大會串 Vocabulaire

1 故障；壞掉	en panne 翁 爸呢
2 換；更改 *v.*	changer 香介
3 打擾 *v.*	déranger 得烘介
4 門 *n. f.*	porte 播喝特
5 窗子 *n. f.*	fenêtre 夫內痛喝
6 水龍頭 *n. m.*	robinet 侯逼內
7 窗簾 *n. m.*	rideau 喝衣都
8 衣架 *n. m.*	cintre 散痛喝

9 衣櫃；衣櫥 *n. f./n. m.*	armoire/placard 阿喝麼襪喝 / 潑拉尬喝
10 梳妝檯 *n. f.*	table de toilette 答撥了 的 大烏啊累痛
11 電燈 *n. f.*	lampe 浪潑
12 開關 *n. m.*	interrupteur 恩得喝瘀潑的喝
13 洗手檯 *n. m.*	lavabo 拉發波
14 馬桶 *n.f. pl.*	toilettes 大烏啊累痛

Unité 5 退房結帳 Régler la chambre

MP3-94

好用會話 Conversation

A: 我現在就要結帳嗎？	Dois-je régler la note maintenant? 大烏啊衣惹 黑個雷 拉獳痛 面的弄
B: 只要您願意。	Comme vous voulez. 勾麼 夫 夫累
A: 我可以刷卡嗎？	Je peux régler par carte de crédit? 惹 薄 黑個雷 巴喝 嘎喝痛 的 科黑敵
B: 可以的。	Oui, bien sûr. 烏衣 逼淹 序喝
A: 這是我的信用卡。	Voici ma carte de crédit. 佛哇西 媽 嘎喝痛 的 科黑滴
B: 麻煩您簽名。	Signez ici s'il vous plaît. 西捏 衣席 西了 夫 撲累

A: 簽好了。	C'est fait. 些 費
B: 這是您的收據和信用卡。	Voici le reçu et votre carte de crédit. ㄈ哇西 了 喝虛 耶 佛痛喝 嘎喝痛 的 科黑滴
A: 對不起，我把我的衣服留在房間裡了。	Pardon, J'ai laissé ma veste dans la chambre. 巴喝冬 瑞耶 壘些 媽 肥司痛 冬 啦 向撥喝
B: 沒關係，您可以上去拿。這是房間鑰匙。	Pas de problème, vous pouvez monter la prendre. Voici la clé. 巴 的 撲侯撥累麼 夫 逋肥 矇得 啦 撲鬨的喝 佛哇西 啦 科累
A: 抱歉，我真是健忘。	Excusez-moi, je suis trop distrait. 耶科司ㄍㄩ蕊麼哇 惹 司ㄨㄧ 痛侯 滴司痛黑
B: 可別忘了您重要的東西。	N'oubliez pas vos objets de valeur. 奴撥李耶 拔 佛肉撥揭 的 發樂喝

好用例句輕鬆學 Exemples

1 我可以現在結帳嗎？	Je peux régler la note maintenant? 惹 薄 黑個雷 拉 耨特 面的農
2 我什麼時候應該結帳？	Quand dois-je régler la note? 拱 大烏啊衣惹 黑個雷 拉 耨特
3 我一定要付現嗎？	Je dois uniquement régler en espèces? 惹 大烏啊 淤你個矇 黑個雷 翁ㄋ耶司拔司
4 我要刷卡。	J'aimerais régler par carte de crédit. 瑞耶麼黑 黑個雷 巴喝 嘎喝痛 的 科黑地
5 我把我的化妝包遺漏在房間裡了。	J'ai laissé mon sac de maquillage dans la chambre. 瑞耶 壘些 矇 撒科 的 媽刻衣訝居 冬 拉 向撥喝
6 我把我的手錶遺漏在房間裡了。	J'ai laissé ma montre dans la chambre. 瑞耶 壘些 媽 夢痛喝 冬 拉 向撥喝

7 這裡有行李寄放處嗎？	La consigne, c'est ici? 啦 公夕捏 些 一席
8 我可以暫時把行李寄放在這裡嗎？	Je peux mettre mes bagages à la consigne pour le moment? 惹 薄 妹痛喝 妹 巴嘎機 阿 拉 公夕捏 不喝 了 摸濛

單字聯想大會串 Vocabulaire

1 付帳；支付 *v.*	régler/payer 黑個雷 / 背也
2 結帳；付帳	régler la note 黑個雷 拉 耨特
3 簽署；簽名 *v.*	signer 西捏
4 收據 *n. m./n. f.*	reçu/facture 喝序 / 發科丟ˋ喝
5 東西；物品 *n. m.*	objet 歐ㄅ揭
6 化妝品；化妝 *n. m.*	maquillage 媽ㄍ一訝居
7 手錶 *n. f.*	montre 夢痛喝
8 行李寄放處 *n. f.*	consigne 公夕捏
9 退房	libérer la chambre 哩背黑 拉 向ㄅ喝
10 核對 *v.*	vérifier 非喝衣佛葉

Partie IV

真是美味啊！從訂位到用餐

Que c'est délicieux! Réservation et commande

法國每個地方都有它獨特的飲食，來到以美食出名的法國，豈可輕易錯過美味佳餚呢！以下5個單元就是要教你如何用法語來享受一頓法國美食。

Unité 1 預先訂位 Réserver une table MP3-95

好用會話 Conversation

A: 佛羅倫斯餐廳，您好。我可以為您服務嗎？	Le Florence, bonjour. Qu'est-ce qu'il y a pour votre service? 了 夫囉闐司 崩入喝 給司 刻衣哩鴉 不喝 佛痛喝 些喝佛一司
B: 我想要預訂明天晚上的位子。	Je voudrais réserver une table pour demain soir. 惹 夫的黑 黑瑞耶喝非 淤呢 答撥了 不喝 的面 司哇喝
A: 先生，很抱歉，明天晚上的座位都已經客滿。	Désolé monsieur, c'est complet pour demain soir. 得揉雷 麼司又 些 公撲雷 不喝 的面 司哇喝
B: 那麼後天呢？	Et après-demain? 耶 阿撲黑衣的棉
A: 後天還有空位，您要嗎？	Il y en a de libres. Voulez-vous en réserver une? 一哩養拿 的 粒ㄅ喝 夫雷衣夫 翁 黑瑞耶喝肥 淤呢
B: 那麼我要訂一個位子。	Bon, réservez m'en une. 蹦 黑瑞耶喝肥 猛 玉呢

A: 先生，請問您貴姓？	Monsieur, à quel nom, s'il vous plaît? 麼司又 阿 給了 農 西了 夫 撲累
B: 我叫李林。對了，我要非抽菸區的位子。	Li Lin. A propos, je veux une place non-fumeurs. 李林 阿 撲侯薄 惹 佛 淤呢 撲辣司 喏佛ㄩ麼喝
B: 沒問題，李先生。我都記下來了。	Pas de problème, Monsieur Li. J'ai tout noté. 巴 的 撲侯撥累麼 麼司又 李 瑞耶 嘟 呢得
A: 謝謝您，再見。	Merci. Au revoir. 每喝席 歐 喝佛哇
B: 期待您的光臨。再見。	Au plaisir. Au revoir. 歐 撲累季喝 歐 喝佛哇

好用例句輕鬆學 Exemples

1 請問明天還有座位嗎？	Il y a encore des places pour demain? 一哩牙 翁勾喝 得 撲辣司 不喝 的棉
2 今天還有空位嗎？	Il y a des places aujourd'hui? 一哩牙 得 撲辣司 歐如喝丟ˊ
3 我不要抽菸區的位子。	Je ne veux pas m'installer dans l'espace fumeurs. 惹 呢 佛 八 棉司答雷 冬 雷司拔司 ㄈㄩ麼喝
4 我要安靜一點的位子。	J'aimerais une table dans un coin plus calme. 瑞耶麼黑 淤呢 答撥了 冬忍 關 撲綠 尬了麼
5 我要靠角落的位子。	J'aimerais une place dans le coin. 瑞耶麼黑 淤呢 撲辣司 冬 了 關
6 我大概會晚個10分鐘到。	Je serai en retard de dix minutes. 惹 色黑 翁 喝大喝 的 滴司 咪女痛
7 你們可以幫我保留位子15分鐘嗎？	Pouvez-vous retenir une table pour moi pendant quinze minutes? 夫肥夫 喝的逆喝 淤呢 大撥了 不喝 摸哇 崩冬 杆子 咪女痛

8 我要取消訂位。	Je dois annuler ma réservation. 惹 大烏啊 阿女雷 媽 黑瑞耶發兄

單字聯想大會串 Vocabulaire

1 客滿的 *a.*	complet(complète) 公潑雷（公潑累痛）
2 非吸菸的 *n.*	non-fumeurs 哢衣佛ㄩ麼喝
3 非吸菸區 *n. m.*	espace non-fumeurs 耶司拔司 哢衣佛ㄩ麼喝
4 吸菸的 *a.*	fumeur 佛ㄩ麼喝
5 吸菸區 *n. m.*	espace fumeurs 耶司拔司 佛ㄩ麼喝
6 安靜的 *a.*	calme 尬了麼
7 靠角落	dans le coin 冬 了 關
8 靠窗	à côté de la fenêtre 阿 勾得 的 拉 夫那特喝
9 晚一點 *a.*	plus tard 潑綠 大喝
10 遲到	être en retard 耶特喝 翁 喝大喝
11 準時	à l'heure 阿 樂喝
12 取消 *v.*	annuler 阿 女累

13 保留 *v.*	réserver/retenir 黑瑞耶喝費 / 喝的逆喝
14 侍者 *n. m.*	serveur(serveuse) 瑞耶喝佛さ`喝

Unité 2 點菜 Commander des plats

MP3-96

好用會話 Conversation

A: 先生您要點什麼菜呢？	Que désirez-vous, monsieur? 哥 得瑞一黑衣付 麼司尤
B: 我還在考慮中。	Laissez-moi réfléchir... 雷些衣摸哇 黑夫雷序喝
A: 您需要我協助您點菜嗎？	Voulez-vous que je vous aide à choisir des plats? 夫雷夫 哥 惹 夫瑞耶的 阿 簫季喝 得 撲辣
B: 那太好了。	Je ne demande pas mieux! 惹 呢 的夢的 巴 咪又
A: 您可以先來杯餐前酒，前菜則有湯和沙拉。	Voulez-vous prendre un apéritif? Et pour l'entrée, une soupe et une salade. 夫雷夫 撲烘的喝 嗯拿杯喝衣弟夫 耶 不喝 龍痛黑 淤呢 速撲 耶 淤呢 撒辣的
B: 好的，請給我一份。	D'accord. 搭夠喝
A: 今天的主菜是酒燜雞肉，很值得您嚐嚐。	Le plat du jour est le < Coq au vin>. Je vous le conseille. 了 撲辣 丟 入喝 耶 了 勾勾 翻 惹 夫 了 公斯葉耶
B: 聽起來好像很好吃，就給我一份酒燜雞肉吧！	Ça semble très bon, donnez-moi alors un <Coq au vin>. 沙 送撥了 痛黑 蹦 都那摸哇 阿樓喝 嗯 勾勾 飯

A: 餐後甜點，您可以選擇藍莓派或布丁。	Pour le dessert, une tarte aux myrtilles ou bien un pudding. 不喝 了 得斯葉喝 淤呢 答喝痛 歐 咪喝敵一 烏 逼 淹 嗯 布丁
B: 我要藍莓派。	Je prends la tarte 惹 撲闕 拉 大喝痛
A: 那麼餐後酒是否來杯干邑白蘭地？	Voulez-vous un verre de cognac comme digestif? 夫雷夫 嗯 肥喝的 勾泥阿科 勾麼 滴揭司地夫
B: 我不要餐後酒，只要一杯咖啡。	Pas de digestif, mais un café. 巴 的 滴揭司地夫 每 嗯 嘎費

好用例句輕鬆學 Exemples

1 我想先看一下菜單。	Je veux regarder le menu. 惹 佛 喝嘎喝得 了 美女
2 我看不懂法文菜單。	Je ne comprends pas le menu en français. 惹 呢 公撲闕 拔 了 美女 翁 夫烘些
3 我不知道該如何點菜。	Je ne sais pas quoi commander. 惹 呢 些 巴 刮 勾夢得
4 你可以幫助我點菜嗎？	Voulez-vous m'aider? 夫雷夫 美得
5 我要一杯白酒。	Je veux un verre de vin blanc. 惹 佛 嗯 費喝 的 翻 撥龍
6 我要不含酒精的飲料。	Je veux une boisson non-alcoolisée. 惹 佛 淤呢 撥哇松 農衣阿了勾哩瑞葉
7 我不想吃前菜。	Je n'ai pas envie de prendre une entrée. 惹 那 拔 翁佛一 的 撲闕的喝 淤哢痛黑
8 這道菜真好吃！	Ce plat est délicieux! 色 撲辣 耶 得哩西又

9 可以請你待會兒再過來嗎？	Pouvez-vous revenir dans un instant? 不肥衣夫 喝否泥喝 冬忍黏司洞

單字聯想大會串 Vocabulaire

1 協助 *v.*	aider 耶得
2 選擇 *v.*	choisir 削季喝
3 菜餚；主菜 *n. m.*	plat de résistance 潑辣 的 黑季司洞司
4 餐前酒；開胃酒 *n. m.*	apéritif 阿杯喝衣地夫
5 前菜 *n. f.*	entrée 翁痛黑
6 湯 *n. f.*	soupe 速潑
7 沙拉；生菜 *n. f.*	salade 沙辣的
8 甜點 *n. m.*	dessert 得謝喝
9 飲料 *n. f.*	boisson ㄅ哇松
10 肉 *n. f.*	viande 非用的
11 魚 *n. m.*	poisson ㄅ哇松

12 海鮮 *n. m. pl.*	fruits de mer 夫喝ㄩ 的 妹喝
13 貝類 *n. m.*	coquillage 勾ㄍ一訝居
14 龍蝦 *n. f.*	langouste 龍固司痛

Unité 3 抱怨 Mécontentement

MP3-97

好用會話 Conversation

A: 先生，我的叉子不乾淨。	Monsieur, ma fourchette n'est pas propre. 麼司尤 媽 夫喝穴痛 那 巴 撲候撲喝
B: 我馬上幫您換支乾淨的！	Je vais vous apporter une propre tout de suite! 惹 肥 夫 阿波喝得 於呢 撲候撲喝 嘟 的 司烏衣痛
A: 另外，這個杯子也不乾淨。	D'ailleurs, ce verre n'est pas propre non plus. 搭又喝 色 費喝 那 巴 撲候撲喝 哢 撲綠
B: 真是抱歉，我馬上幫您換一個！	Je suis vraiment désolé, je vais le changer tout de suite! 惹 司烏衣 夫黑矇 得揉累 惹 肥 了 香解 嘟 的 司烏衣痛
A: 還有，我已經等了30分鐘。	D'ailleurs, j'attends depuis trente minute. 搭又喝 家洞 的撥ㄩ 痛鬨痛 咪女痛
B: 真的很對不起，讓您久等了。	Excusez-moi de vous avoir fait attendre. 耶科司刻悠蕊摸哇 的 夫撒佛哇喝 非 阿洞的喝
A: 我的肚子很餓，能請您們快一些嗎？	Vous pouvez servir mes plats plus rapidement, j'ai déjà très faim. 夫 不肥 些喝佛衣喝 每 撲辣 撲綠 哈逼的矇 瑞耶 得家 痛黑 飯
B: 是的，我現在就去幫您催促一下！	Oui, je vais voir tout de suite! 烏衣 惹 肥 佛哇喝 讀 的 司烏衣特

好用例句輕鬆學 Exemples

1 我要買單。	L'addition, s'il vous plaît? 拉滴兄 西了 夫 撲累
2 我已經等很久了。	J'ai déjà trop attendu! 瑞耶 得家 痛侯 阿冬丟悠
3 我已經等了半個小時了。	J'attends depuis une demie-heure! 瑞耶 阿冬丟 的撥ㄩ 淤呢 的咪衣餓喝
4 我不想等了。	Je ne veux plus attendre. 惹 呢 佛 撲綠 阿洞的喝
5 我快餓死了！	Je vais mourir de faim! 惹 肥 母喝衣丶喝 的 飯
6 麻煩再給我一個杯子。	Donnez-moi un autre verre, s'il vous plaît. 都那摸哇 嗯呢痛喝 費喝 西了 夫 撲累
7 這支叉子不乾淨。	Cette fourchette n'est pas propre. 些痛 夫喝穴痛 那 巴 撲候撲喝
8 這支刀子不乾淨。	Ce couteau n'est pas propre. 色 姑都 那 巴 撲候撲喝

單字聯想大會串 Vocabulaire

1 叉子 *n. f.*	fourchette 夫喝穴痛
2 乾淨的 *a.*	propre 潑候潑喝
4 立刻	tout de suite 讀 的 司ㄨ一痛
5 餓的 *n. f.*	faim 飯
6 餓死了	mourir de faim 母喝衣喝 的 飯

7 刀子 *n. m.*	couteau 姑都
8 餐桌 *n. f.*	table 大ㄅ了
9 匙；杓 *n. f.*	cuillère ㄍㄩ葉喝
10 酒杯 *n. m.*	verre 費喝
11 盤子 *n. f.*	assiette 阿西葉痛
12 餐巾 *n. f.*	serviette de table 些喝佛一耶痛 的 大ㄅ了
13 紙巾 *n. f.*	serviette en papier 些喝佛一耶痛 翁 巴披葉
14 調味料 *n. m.*	condiment 公滴夢
15 醬汁 *n. f.*	sauce 瘦司
16 辣的 *a.*	piquant/épicé 逼共 / 耶逼謝
17 鹹的 *a.*	salé 沙累
18 甜的 *a.*	sucré 序科喝
19 淡的 *a.*	léger(légère) 雷解 / 雷介喝

20 生的 *a.*	cru 科喝ㄩ
21 熟的 *a.*	cuit ㄍㄩˋㄧ
22 冷的 *a.*	froid 夫晝
23 熱的 *a.*	chaud 秀

Unité 4 化妝室 Les toilettes

MP3-98

好用會話 Conversation

A: 這是您的甜點，請慢慢享用。	Voici votre dessert. Régalez-vous! 佛哇西 佛痛喝 得斯葉喝 喝嘎雷衣付
B: 謝謝。今天的菜餚真的很美味。	Merci. Les plats sont vraiment délicieux. 每喝西 壘 撲拉 松 夫黑矇 得哩西又
A: 很高興您喜歡。	Je suis content que ça vous plaise! 惹 司烏衣 公冬 個 沙 夫 撲累子
B: 對了，請問化妝室在哪裡？	Où sont les toilettes, s'il vous plaît? 烏 松 壘 大烏啊壘痛 西了 夫 撲累
A: 直走到底再右轉，您就會看到了。	Allez tout droit, tournez à droite et c'est là. 阿壘 嘟 的滑 嘟喝那 阿 的晝痛 耶 些 啦
B: 謝謝。	Merci bien. 每喝西 逼燕
A: 如果您還有任何需要，請隨時告訴我。	N'hésitez pas à demander, si vous avez besoin de quoi que ce soit. 餒機得 拔 阿 的矇得 西 夫瑞啊肥 ㄅ瑞ㄋ 的 刮 哥 色 刷

B: 我會的。謝謝。	D'accord. Merci. 答勾喝 每喝西

好用例句輕鬆學 Exemples

1 你們的化妝室很乾淨。	Vos toilettes sont bien propres. 佛 ㄉㄨ啊ˊ壘痛 松 逼淹 撲候撲喝
2 你們的化妝室很髒。	Vos toilettes sont très sales. 佛 大烏啊壘痛 松 痛黑 煞了
3 化妝室該怎麼走？	Où sont les toilettes? 烏 松 壘 大烏啊壘痛
4 這裡有化妝室嗎？	Est-ce que vous avez des toilettes? 耶司個 夫日啊肥 得 大烏啊壘痛
5 還有其他間化妝室嗎？	Il y a d'autres cabinets de toilettes? 一哩牙 都痛喝 嘎逼那 的 大烏啊雷痛
6 我要去化妝室，馬上回來。	Je vais aux toilettes, je reviens tout de suite. 惹 肥揉 大烏啊壘痛 惹 喝佛燕 嘟 的 司烏衣痛

單字聯想大會串 Vocabulaire

1 化妝室；廁所 *n. f. pl*	toilettes 大烏啊壘痛
2 鏡子 *n. f.*	glace 個辣司
3 洗手乳 *n. f.*	lotion à mains 囉兄 阿 面
4 衛生紙 *n. m.*	papier hygiènique 巴匹耶 一居燕逆科
5 洗手檯 *n. m.*	lavabo 拉發波

6 水龍頭 *n. m.*	robinet 侯逼那
7 開關 *n. m.*	interrupteur 恩得喝ㄩ潑特喝
8 垃圾桶 *n. f.*	poubelle 不背了
9 沖水 *v.*	tirer la chasse 滴黑 拉 嚇司

Unité 5 付帳 L'addition

MP3-99

好用會話 Conversation

A: 我要買單。	L'addition, s'il vous plaît?. 拉滴兒 西了 夫 撲累
B: 麻煩給我您的帳單。	Votre note, s'il vous plaît. 佛痛喝 耨痛 西了 夫 撲累
A: 好的，在這裡。	La voici. 拉 佛哇西
B: 總共是20歐元。	Ça fait en tout vingt euros. 沙 非 翁 嘟 翻 ㄜ侯
A: 請問裡頭有包含服務費嗎？	Le service y est compris? 了 些喝佛衣司 耶 公撲喝衣
B: 沒有。	Non. 弄
A: 我可以刷卡嗎？	Je peux régler par carte de crédit? 惹 薄 黑個雷 拔喝 嘎喝痛 的 科黑敵
B: 很抱歉，我們只能付現。	Pardon, uniquement en espèces. 巴喝冬 淤泥個朦 翁那司背司

A: 沒關係。這是100歐元。	Bon, voici cent euros. 蹦 佛哇西 松 ㄜ侯
B: 找您80歐元。	Je vous rends quatre-vingts euros. 惹 夫 烘 尬痛喝衣翻 ㄜ侯
A: 請問我直接把小費留在盤子裡就可以了嗎？	Je mets le pourboire dans l’assiette? 惹 梅 了 不喝撥哇喝 冬 拉西葉痛
B: 可以的，謝謝。	Oui, merci. 烏衣 每喝西

好用例句輕鬆學 Exemples

1 我要在哪裡買單？	Où est la caisse? 烏 耶 拉 給司
2 我可以使用旅行支票嗎？	Je peux payer l’addition par chèque de voyage? 惹 背爺 拉滴熊 拔喝 穴科 的 ㄈ哇訝居
3 總共是多少錢？	Combien ça fait en tout? 公逼淹 撒 非 翁 度
4 他的服務態度不是很好。	Ce serveur-là n’est pas très sympathique. 色 些喝否喝衣拉 那 巴 痛黑 三巴弟科
5 他的服務態度很好。	Ce serveur-là est bien sympathique. 色 些喝佛喝衣拉 耶 逼淹 三巴弟科
6 這是額外給他的小費。	Voici un pourboire en plus pour lui. 佛哇西 嗯 不喝撥哇喝 翁 撲綠 不喝 綠

單字聯想大會串 Vocabulaire

1 買單 *n. f.*	addition 阿滴兄
2 總共	en tout 翁 度

3 服務費 *n. m.*	service compris 些喝佛一司 公潑喝衣
4 小費 *n. m.*	pourboire 不喝ㄅ哇喝
5 光臨 *v.*	accueillir 阿哥義喝
6 出納櫃檯 *n. f.*	caisse 給司
7 各付各的	payer séparément 背耶 些巴喝夢
8 免費的 *a.*	gratuit 個哈丟ˋ

Partie V

我要去血拼！從名牌到跳蚤市場

Je vais faire du shopping! Grandes marques et marché aux puces

走在浪漫的法國街道上，櫥窗中美麗的服飾、精緻的精品讓你目不轉睛，非得踩進去不可；來到跳蚤市場，新奇古怪、古老風味的小玩意吸引你的目光，讓你置身其中，一心想要去尋找寶貝。相信這樣的氣氛一定激起你想要盡情揮灑一番！想要在血拼中，暢行無阻嗎？那麼學會這個單元的Shopping法語，你的血拼興致一定可以High到最高點哦！

Unité 1 買衣服 L'achat des vêtements

MP3-100

好用會話 Conversation

A: 您穿多大尺寸的衣服？	Vous faites quelle taille? 夫 肥痛 給了 大一
B: 我穿8號。	Du huit. ㄉㄩ 玉一痛
A: 您要什麼顏色？	Quelle couleur vous désirez? 給了 姑樂喝 夫 得瑞一黑
B: 我想看看藍色和黑色的。	La bleue et la noire. 拉 撥樂 耶 拉 ㄋ哇喝
A: 這兩件正好是您要的。	Ces deux vestes sont justement celles que vous cherchez. 些 的 費司痛 松 居司的矇 些了 哥 夫 學喝穴
B: 我可以試穿這兩件衣服嗎？	Je peux les essayer? 惹 薄 壘瑞耶誰爺

A: 可以。試衣間就在您的左邊。	Oui. La cabine d'essayage est à votre gauche. 烏衣 啦 嘎必呢 得撒訝居 耶 阿 佛痛喝 夠噓
A: 您覺得哪一件比較適合我？	D'après vous, laquelle des deux me va le mieux? 答撲黑 夫 拉給了 得 得 麼 伐 了 咪又
B: 您穿藍色這一件看起來很亮。	Le bleu vous va à merveille. 了 撥樂 夫 伐 阿 美喝費一
B: 請問一件多少錢？	Combien coûte cette veste? 公逼淹 古痛 些痛 費司痛
A: 一件是75歐元。	Soixante-quinze euros. 司哇送痛衣幹子 ㄜ侯
B: 那麼我要買藍色這一件。	Eh bien, je prends la bleue. 耶 逼燕 惹 撲紅 拉 撥樂

好用例句輕鬆學 Exemples

1 你穿多大尺寸的褲子？	Vous faites quelle taille en pantalon? 夫 肥痛 給了 大一 翁 崩搭龍
2 你穿幾號襯衫？	Vous faites quelle taille en chemise? 夫 肥痛 給了 大一 翁 修密子
3 我穿8號褲子。	Je fais du huit en pantalon. 惹 非 ㄉㄩ 於痛 翁 崩搭龍
4 我穿5號襯衫。	Je fais du cinq en chemise. 惹 非 丟 散個 翁 修密子
5 我喜歡黃色的這一件衣服。	J'aime cette veste jaune. 瑞耶麼 些痛 費司痛 救呢
6 我想要試穿這件衣服。	Je veux essayer cette veste. 惹 佛 耶些爺 些痛 費司特
7 這件衣服有打折嗎？	Elle est en solde? 耶雷 翁 搜的

8 這件衣服打幾折？	Quelle est la réduction? 給雷 拉 黑丟科兄
9 還有同一款式其他顏色的衣服嗎？	Il y a d'autres couleurs de ce même modèle? 一哩呀 都痛喝 姑樂喝 的 色 妹麼 麼得了
10 這件衣服的材質是什麼？	Quelle est la matière de cette veste? 給雷 拉 媽梯葉喝 的 些痛 肥司痛

單字聯想大會串 Vocabulaire

1 尺寸；大小 *n. f.*	taille 大一
2 顏色 *n. f.*	couleur 姑樂喝
3 想要；要 *v.*	désirer 得瑞一黑
4 試；試穿 *v.*	essayer 耶些葉
5 試衣間 *n. m.*	cabine d'essayage 嘎必呢 得些訝居
6 折扣；特價 *n. f.*	réduction 黑丟科兄
7 長褲 *n. m.*	pantalon 崩搭龍
8 襯衫 *n. f.*	chemise 修密子
9 穿；戴 *v.*	apporter 阿波喝得
10 樣式；款式 *n. m.*	modèle 摸得了

11 材質 *n. f.*	matière 媽梯葉喝
12 短褲 *n. m.*	bermuda/short 貝喝麼ㄩ打 / 秀喝
13 裙子 *n. f.*	jupe 巨潑
14 洋裝 *n. f.*	robe 候ㄅ
15 牛仔褲 *n. m.*	jean 進
16 毛衣 *n. m.*	tricot 痛喝衣勾
17 （短）外套 *n. f.*	veste 費司痛
18 大衣；外套 *n. m.*	manteau 矇抖
19 T 恤 *n. m.*	T- shirt *T* 恤
20 袖子 *n. f.*	manche 夢噓
21 長袖 *n. f.*	manche longue 夢噓 龍個
22 短袖 *n. f.*	manche courte 夢噓 固喝痛
23 腰帶 *n. f.*	ceinture 三丟ˋ喝
24 領巾；圍巾 *n. m.*	foulard 夫辣喝

Unité 2 買鞋子 Les chaussures

MP3-101

好用會話 Conversation

A: 歡迎光臨。我可以為您服務嗎？	Bonjour! Qu'y-a-t-il pour votre service? 崩入喝 ㄍㄧ呀敵了 不喝 佛痛喝 斯耶喝ㄈㄧˋ司
B: 我想先自己看看。謝謝。	Je regarde. Merci 惹 喝尬喝的 美喝西
A: 沒問題。有需要我就在旁邊。	Si jamais vous avez besoin de conseils, je suis à votre service. 西 家梅 夫日啊肥 撥瑞ㄋ 的 公斯葉一 惹 司烏衣 阿 佛痛喝 些喝佛衣司
B: 請問這個款式的運動鞋還有其他顏色嗎？	Il y a d'autres couleurs de ce modèle de chaussures de sport? 一哩呀 都痛喝 姑樂喝 的 色 麼得了 的 修序喝 的 司薄喝
A: 有的，還有橘白相間以及藍白相間的顏色。	Certes. Nous en avons en bicolore orange-blanc et bleu-blanc. 斯葉喝痛 努嚷拿風 翁 逼ㄅ漏喝 歐闕居撥朗 浪
B: 我想要兩種都試穿看看。	Je veux essayer les deux. 惹 佛ㄜˊ 耶些爺 壘 的
A: 您穿幾號鞋？	Vous chaussez du combien? 夫 修些 丟 公比淹
B: 我穿6號。	Je chausse du six. 惹 修司 丟 夕司
A: 您可以坐在這裡試穿。	Asseyez-vous là! Vous pouvez les essayer 阿些耶衣夫 啦 夫 不肥 壘瑞耶誰葉
B: 謝謝。	Merci. 每喝西

好用例句輕鬆學 Exemples

1 這雙鞋子多少錢？	Cette paire de chaussures coûte combien? 些痛 揹喝 的 修序喝 固痛 公逼顏
2 這雙鞋子的樣式很新潮。	Cette paire de chaussures est un nouveau modèle. 些痛 揹喝 的 修序喝 耶等 奴佛 麼得了
3 這雙鞋子很漂亮。	Cette paire de chaussures est remarquable. 些痛 揹喝 的 修序喝 耶 喝媽喝尬撥了
4 這雙鞋子你們有6號的嗎？	Vous avez la pointure six de ces chaussures? 夫日啊肥 拉 奔丟悠喝 夕司 的 些 修徐喝
5 我穿6號高根鞋。	Je fais du six en talons. 惹 非 丟 夕司 翁 搭龍
6 這雙鞋子的材質是什麼？	Cette paire de chaussures est en quelle matière? 些痛 北喝 的 修序喝 耶懂 給了 媽梯爺喝

單字聯想大會串 Vocabulaire

1 鞋子 *n. f./n. m.*	chaussure/soulier 秃序喝 / 速哩葉
2 高跟鞋 *n. f./n. pl.*	chaussure à talons hauts/talons 秃序喝 阿 搭龍 嘔 / 搭龍
3 平底鞋 *n. f./n. m.*	chaussure sans talon/escarpin 秃序喝 送 搭龍 / 耶司嘎喝笨
4 布鞋 *n. f.*	chaussure en toile 秃序喝 翁 大烏啊了
5 長統靴 *n. f.*	botte 播痛

6 中統靴 *n.f.*	demi-botte 的咪衣播波
7 短靴 *n.f.*	bottine 波弟呢
8 雪鞋 *n.f.*	raquette 哈給痛
9 尖頭 *n.m.*	bout pointu 不 奔丟ˋ
10 方頭 *n.m.*	bout carré 不 嘎黑
11 圓頭 *n.m.*	bout rond 不 鬨
12 鞋帶 *n.m.*	lacet 拉謝痛
13 鞋墊 *n.f.*	semelle 色妹了

Unité 3 買皮包 Les sacs

MP3-102

好用會話 Conversation

A: 這個手提包是今年最新流行款式。	Ce sac à main est un nouveau modèle. 色 煞嘎面 耶等 奴佛 麼得了
B: 看起來很漂亮，又很具現代感。	Il a l'air très élégant et moderne. 一拉 雷喝 痛黑 耶雷共 耶 麼得喝呢
A: 它的材質是小牛皮。	Il est en cuir de veau. 一雷懂 刻悠ˊ喝 的 否
B: 我可以摸看看嗎？	Je peux le toucher? 惹 薄 了 嘟學

A: 當然。摸起來質感是不是很好呢？	Bien sûr. Vous le trouvez très bien, n'est-ce pas? 逼淹 序喝夫 了 痛戶肥 痛黑 逼燕 那色拔
B: 嗯，的確很舒服。還有其他款式嗎？	Hum, c'est vraiment agréable. Y a-t-il d'autres modèles? 嗯 些 夫黑朦 阿個黑阿撥了 鴉敵了 抖痛喝 麼ㄉ葉了
A: 我們還有側背式的。您可以背看看。	Nous en avons porté de côté. Vous pouvez le porter. 努總娜縫 波喝得 的 勾得 夫 不肥 了 波喝得
B: 很漂亮，但對我來說好像大了點。	Très joli, mais un peu trop grand pour moi. 痛黑 糾哩 每 嗯 薄 痛侯 個紅 不喝 摸哇
A: 那您可以選擇這個手提包。	Eh, vous pouvez choisir ce sac à main. 耶 夫 不肥 簫及喝 色 撒嘎面
B: 讓我再考慮一下。謝謝。	Je vais réfléchir. Merci quand même. 惹 肥 黑夫雷序喝 每喝席 公 妹麼

好用例句輕鬆學 Exemples

1 這個香奈兒皮包多少錢？	Combien coûte ce sac Chanel? 公逼淹 固痛 色 灑科 簫那了
2 還有其他樣式的皮包嗎？	Vous avez d'autres modèles de sac? 夫日啊肥 抖痛喝 麼得了 的 灑科
3 還有其他顏色的皮包嗎？	Vous avez d'autres couleurs de sac? 夫日啊肥 抖痛喝 姑樂喝 的 灑科
4 我想要買一個側背式的皮包。	Je voudrais un sac porté de côté. 惹 夫的黑 嗯 煞科 波喝得 的 勾得
5 我想要買一個休閒式的皮包。	Je voudrais un sac de sport. 惹 夫的黑 嗯 煞科 的 司播喝
6 我要買一個正式的皮包。	Je veux un sac décontracté 惹 夫的黑 嗯 煞科 得公痛哈科得

7 我可以摸摸這個LV皮包嗎？	Je peux toucher ce sac LV? 惹 薄 嘟學 色 灑科 LV
8 這個皮包太大了。	Ce sac est trop grand. 色 煞科 耶 痛黑 痛侯 個鬨
9 這個皮包是什麼材質？	En quelle matière est ce sac? 翁 給了 媽梯葉喝 耶 色 煞科

單字聯想大會串 Vocabulaire

1 皮包 *n. m.*	sac 煞科
2 手提包 *n. m.*	sac à main 撒嘎面
3 優雅的；精緻的 *a.*	élégant 耶雷共
4 現代感的 *a.*	moderne 摸ㄉ耶ˋ喝呢
5 摸 *v.*	toucher 嘟穴
6 舒服的 *a.*	agréable 阿個黑阿撥了
7 背 *v.*	porter 波喝得
8 考慮 *v.*	réfléchir 黑夫雷序喝
9 背包 *n. m.*	sac à dos 撒嘎豆
10 休閒包 *n. m.*	sac de sport 灑科 的 司播喝

11 小牛皮 *n. m.*	cuir de veau ㄍㄩˊ喝 的 否
12 鱷魚皮做的 *n. m.*	cuir de crocodile ㄍㄩˊ喝 的 勾喝弟了
13 合成皮 *a.*	synthétique 三得弟科
14 大的 *a.*	grand 個閧
15 中的 *a.*	moyen(moyenne) 麼哇燕（麼哇燕呢）
16 小的 *a.*	petit ㄅ滴
17 側背式	porté de côté 波喝得 的 勾得
18 後背式	sac à dos 撒嘎豆
19 正式的 *a.*	décontracté 得公痛哈科得

Unité 4 買飾品 Les bijoux

MP3-103

好用會話 Conversation

A: 我想試戴左邊算來第二個戒指。	Je veux essayer la deuxième bague de gauche. 惹 佛瑞耶誰耶 拉 的瑞燕麼 拔個 的 夠噓
B: 您的眼光真好！它可是今年最新的流行款式。	Vous avez bon goût! C'est un nouveau modèle. 夫日啊肥 崩 固 些等 奴否 麼得了

A: 好像大了點。	Elle me semble un peu trop grande. 耶了 麼 送撥了 嗯 撥ㄜ 痛侯 個闊的
B: 我幫您換個小一點的。	Je vous donne la taille en dessous. 惹 夫 抖呢 拉 大一 蓊 的速
A: 這個大小剛剛好。	Celle-ci me va mieux. 些了衣西 麼 伐 咪又
B: 戴在您的手上很好看。	C'est très joli sur votre main. 些 痛黑 糾哩 徐喝 佛痛喝 面
A: 我可以再試戴那條項鍊嗎？	Je peux essayer ce collier-là? 惹 薄 耶些耶 色 勾哩爺衣拉
B: 當然可以！來，給您。	Bien sûr! Tenez. 逼淹 序喝 的那
A: 這條項鍊不太適合我。	Ce collier ne me va pas. 色 勾哩葉 呢 麼 伐 吧
B: 您可以再試戴別條啊！	Vous pouvez essayer d'autres! 夫 不肥瑞耶誰爺 豆痛喝
A: 不用了。我只要買這個戒指就好了。	Non, pas la peine. Je prends cette bague. 弄 巴 拉 笨呢 惹 撲烘 些痛 巴個

好用例句輕鬆學 Exemples

1 我可以試戴那個鑽石戒指嗎？	Je peux essayer ce diamant? 惹 薄 耶些耶 色 滴阿濛
2 這個鑽石戒指多少錢？	Combien coûte ce diamant? 公逼淹 古痛 色 滴阿濛
3 我想要看看這個圓形墜子的項鍊。	Je veux voir ce collier avec le pendentif en forme de cercle. 惹 佛 佛哇喝 色 勾哩耶 阿非科 了 崩冬弟夫 蓊 否喝麼 的 斯葉喝科了
4 我可以試戴這條項鍊嗎？	Je peux essayer ce collier? 惹 薄 耶些耶 色 勾哩爺

5 我要換一個大一點的戒指。	J'aimerais une autre bague plus grande. 瑞耶麼黑 淤獳痛喝 爸個 綠 個闃的
6 這條項鍊和這個戒指多少錢？	Combien coûtent cette bague et ce collier? 公逼淹 固的 些痛 爸個 耶 色 勾哩葉

單字聯想大會串 Vocabulaire

1 戒指 *n. f.*	bague 爸個
2 品味 *n. m.*	goût 固
3 項鍊 *n. m.*	collier 勾哩葉
4 墜子 *n. m.*	pendentif 崩冬弟夫
5 精品店；飾品店 *n. f.*	bijouterie 逼珠的嘻義
6 鑽石 *n. m.*	diamant 滴阿夢
7 克拉 *n. m.*	carat 克辣
8 金 *n. m.*	or 嘔喝
9 銀 *n. m.*	argent 阿喝讓
10 耳環 *n. f.*	boucle d'oreille 不科了 都黑一

11 手環；手鍊 *n. m.*	bracelet ㄅ哈色累
12 手錶 *n. f.*	montre 夢痛喝

Unité 5 逛跳蚤市場 Marché aux Puces MP3-104

好用會話 Conversation

A: 先生，所有的舊明信片都是1歐元嗎？	Monsieur, s'il vous plaît, toutes les anciennes cartes postales se vendent à un euro? 麼司又 西了 夫 撲累 讀痛 壘嚷西淹呢 嘎喝痛 波司大了 色 逢的 阿 嗯 ㄜ侯
B: 大部分。	Oui, pour la plupart. 烏衣 不喝 拉 撲綠爸喝
A: 這張里昂的明信片多少錢？	Combien coûte cette carte de Lyon? 公逼淹 古痛 些痛 嘎喝痛 的 哩用
B: 這張有30年歷史，2歐元。	Cette carte de trente ans coûte deux euros. 些痛 尬喝痛 的 痛鬨洞 古痛 的 ㄜ侯
A: 那這張老巴黎的呢？	Et celle du vieux Paris? 耶 誰了 丟 佛一喲 巴喝衣
B: 哦！這張更貴了，要4歐元。	Ça coûte beaucoup plus cher, elle est à quatre euros. 撒 古痛 波姑 撲綠 穴喝 耶雷 阿 尬痛喝 ㄜ侯
A: 這兩張明信片我都好喜歡！	Ces deux cartes me plaisent beaucoup! 些 的 尬喝痛 麼 撲雷子 波姑
B: 那還不簡單，兩張都買嘛！	C'est simple, prenez les deux! 些 散撥了 撲喝餒 壘 的
A: 能不能算便宜些？	Pouvez-vous me les vendre à bon marché? 不肥衣夫麼 壘 逢的喝 阿 崩 媽喝穴

B: 就算您5歐元好了。	Cinq euros, alors. 散科 ㄜ侯 阿漏喝
A: 謝謝老闆。祝您今天生意興隆！	Merci. Bonne continuation! 每喝西 波呢 公滴女阿兄

好用例句輕鬆學 Exemples

1 這套銀餐具多少錢？	Combien coûte ce service de couverts en argent? 公逼淹 古痛 色 些喝佛衣司 的 姑費喝 蓊那喝強
2 這個珠寶盒多少錢？	Combien ce coffret coûte-t-il? 公逼淹 色 勾夫黑 古痛衣弟衣了
3 這幅畫多少錢？	Combien ce tableau coûte-t-il? 公逼淹 色 搭撥囉 古痛衣弟衣了
4 這條項鍊有多久的歷史了？	Combien d'années d'histoire a ce collier? 公逼淹 搭餒 滴司大烏啊喝 阿 色 勾哩葉
5 這對耳環好貴哦！	Comme ces boucles coûtent chères! 狗麼 些 不科了 姑痛 穴喝
6 價錢有點貴。	Ça coûte un peu cher. 撒 姑痛 嗯 撥ㄜ 穴喝
7 能不能賣便宜點？	Pouvez-vous me le vendre moins cher? 不肥衣夫 麼 了 逢的喝 免 學喝

單字聯想大會串 Vocabulaire

1 古老的 *a.*	ancien(ancienne) 翁西燕（翁西燕呢）
2 古董 *n. f./n. m.*	antiquité/antique 翁滴刻衣得 / 翁弟科
3 舊貨 *n. m.*	article d'occasion 阿喝弟科了 都嘎榮

4 稀奇的 *a.*	curieux(curieuse) ㄍㄩ嘻又（ㄍㄩ嘻又子）
5 多樣化的 *a.*	varié 發喝葉
6 特別的 *a.*	spécial 司揹西阿了
7 小玩意 *n. m.*	bibelot 逼ㄅ漏
8 收藏 *n. f.*	collection 勾壘科兄
9 價值 *n. f.*	valeur 發樂喝

Unité 6 買麵包 La boulangerie

MP3-105

好用會話 Conversation

A: 這些麵包看起來真好吃！	Tous ces pains semblent très bons! 嘟 些 笨 松撥了 痛黑 蹦
B: 您喜歡哪一種口味呢？	Quel goût vous désirez? 給了 姑 夫 得瑞一黑
A: 甜的、鹹的我都喜歡，但是我不知道該如何選擇？	J'aime le sucré et le salé, mais je ne sais que choisir au juste. 瑞耶麼 了 虛科黑 耶 了 撒累 每 惹 呢 些 個 簫季喝 嘔 巨司痛
B: 您需要我向您推薦嗎？	Voulez-vous que je vous conseille? 夫雷衣夫 哥 惹 夫 公斯葉一
A: 當然好！	Volontiers! 否龍梯葉喝

B: 這塊軟綿綿的麵包很好吃。	Cette brioche est très bonne. 斯耶痛 ㄅ喝又噓 耶 痛黑 播呢
A: 裡面有餡料嗎？	C'est fourré? 些 夫黑
B: 裡面是奶油。	Dedans il y a de la crème. 的洞 一哩牙 的 拉 科黑麼
A: 我最喜歡吃奶油了！那麼我要買一塊。	J'adore la crème! J'en prends un. 家抖喝 拉 科黑麼 嚷 撲烘 嗯
B: 另外，您可以嚐嚐這種藍莓口味的麵包。	D'ailleurs, vous pouvez goûter ce pain aux myrtilles. 搭又喝 夫 不非 姑得 色 笨 嘔 咪喝弟一
A: 就聽您的建議，我也買一塊。	Pourquoi pas? J'en prends un aussi. 不喝刮 拔 嚷 撲烘 嗯 歐西
B: 我想您一定會喜歡的。	Vous allez aimer à coup sûr. 夫日啊雷 梅 阿 姑 序喝

好用例句輕鬆學 Exemples

1 這塊麵包多少錢？	Combien ce pain coûte-t-il? 公逼淹 色 笨 固痛弟了
2 這塊麵包是什麼口味的？	C'est quel goût? 些 給了 姑
3 這是哪一種乳酪口味的麵包？	Quel fromage vous avez dans ce pain? 給了 夫侯罵居 夫日啊非 冬 色 笨
4 你們還有什麼口味的麵包？	Qu'est-ce que vous avez d'autre comme pain? 給司個 夫瑞啊肥 抖痛喝 狗麼 笨
5 我喜歡巧克力口味的麵包。	J'aime le pain au chocolat. 瑞耶麼 了 奔 歐 修勾拉
6 這種麵包好吃嗎？	Est-ce que ce pain est bon? 耶司個 色 奔 耶 蹦

7 這種麵包有包餡嗎？	Ce pain est fourré? 色 奔 耶 夫黑
8 這種麵包看起來好硬。	Ce pain a l'air assez dur. E3>色 奔 阿 累喝 阿些 丟喝

單字聯想大會串 Vocabulaire

1 甜的 *a.*	sucré 虛科黑
2 鹹的 *a.*	salé 撒雷
3 軟的 *a.*	mou 木
4 有餡的 *a.*	fourré 夫黑
5 硬的 *a.*	dur 丟ˋ喝
6 麵粉 *n. f.*	farine 發喝蔭呢
7 麵包師父 *n. m.*	boulanger 不龍介
8 麵包店 *n. f.*	boulangerie 不龍糾嘻
9 烤；烘 *v.*	rôtir 侯弟喝
10 烤的 *a.*	rôti 侯弟
11 果醬 *n. f.*	confiture 公佛一距喝

12 蛋糕 *n. m.*	gâteau 嘎豆

Unité 7 辦理退稅 Remboursement des taxes MP3-106

好用會話 Conversation

A: 您要如何付帳？	Comment allez vous règler le compte? 勾蒙搭雷 夫 黑個雷 了 共痛
B: 我刷卡。	Par carte de crédit. 拔喝 嘎喝痛 的 科黑滴
A: 這是收據，請在上面簽名。	Voici la facture, vous devriez signer dessus. 佛哇西 拉 發科丟悠喝 夫 的夫喝葉 西捏 的速
B: 好的。	D'accord. 搭夠喝
A: 您要申請退稅嗎？	Vous voulez demander le remboursement des taxes? 夫 夫雷 的矇得 了 烘不喝司濛 得 答科司
B: 是的，請您給我一份退稅申請表格。	Oui, donnez-moi une formule de demande pour le remboursement des taxes. 烏衣 都餒摸哇 淤呢 否喝麼ㄩ丶了 的 的夢的 不喝 了 烘不喝司夢 得 大科司
A: 麻煩您讓我看您的護照。	Votre passeport, s'il vous plaît. 佛痛喝 巴司播喝 西了 夫 撲累
B: 好的，在這裡。	Bien, le voici. 逼燕 了 佛哇西
A: 這是退稅申請表格，還有您的信用卡。	Voici la formule de demande et votre carte de crédit. 佛哇西 拉 否喝麼ㄩ丶了 的 的夢的 耶 佛痛喝 尬喝痛 的 科黑地
B: 謝謝。	Merci. 每喝西

好用例句輕鬆學 Exemples

1 我要申退加值稅。	Je veux demander le remboursement de la T.V.A. 惹 佛 的矇得 了 烘不喝司夢 的 拉 得非阿
2 我要一份退稅申請表格。	J'ai besoin d'une formule de demande pour le remboursement des taxes. 瑞耶 撥瑞ㄋ 丟呢 否喝麼ㄩ、了 的 的夢的 不喝 了 烘不喝司夢 得 大科司
3 我可以申請退稅嗎？	Je peux demander la remboursement des taxes? 惹 薄 的夢得 啦 烘不喝司夢 得 答科司
4 我該如何填寫退稅單？	Comment remplir le formule de remboursement des taxes? 勾濛 烘撲粒喝 了 否喝麼ㄩ了 的 烘不喝司矇 得 大科司

單字聯想大會串 Vocabulaire

1 付帳 *n. m.*	règlement d'un compte 黑個了矇 等 共痛
2 金額 *n. m.*	montant 矇洞
3 消費 *n. f.*	consommation 公搜嬀兄
4 退稅 *n. m.*	remboursement 烘不喝司夢
5 加值稅 *n. f.*	T.V.A.(taxe à la valeur ajoutée) 得非阿（大科司 阿 拉 發樂喝 阿如得）
6 填寫 *v.*	remplir 烘潑粒喝
7 退稅單 *n. f.*	formule de remboursement des taxes 否喝麼ㄩ了 的 烘不喝司矇 得 大科司

Partie Ⅵ

法國，讓你沈醉！從博物館到書店

La France vous séduit! Musées et librairies

法國是一個葡萄酒王國；引領國際時尚潮流的國家；富含文化和藝術氣息的地方，從博物館到書店，本篇將引領你穿梭在傳統與現代的法國時光中，接受法式傳統與現代的洗禮，讓你在優雅的法語中，體驗這一股法式的沈醉。

Unité 1 旅客諮詢中心 Bureau du Tourisme MP3-107

好用會話 Conversation

A: 您好，先生，我想要一份波爾多的地圖。	Bonjour Monsieur. Je voudrais une carte de Bordeaux. 崩入喝 麼司又 惹 夫的黑 淤呢 尬喝痛 的 波喝都
B: 好的，在這裡。	La voici. 拉 佛哇西
A: 那有沒有旅館指南？	Il y a un guide des hôtels?
B: 有的。您還需要什麼服務嗎？	Oui. Vous désirez autre chose?. ㄨㄧ 夫 得瑞ㄧ黑揉痛喝 修子
A: 是否有當地的旅行團，我可以參加的？	Il y a un voyage organisé auquel je peux participer? 一哩牙 嗯 佛哇訝居 歐喝嘎泥瑞耶ˊ 歐給了 惹 薄巴喝滴西北
B: 有的。明天早上10:00剛好有一個參觀葡萄酒園區的行程。	Effectivement. Il y a un programme de visite des vignobles demain à dix heures. 耶非科滴夫夢 一哩牙 嗯 撲侯個哈麼 的 佛ㄧ季痛 得 佛ㄧ鬧撥了 的面 阿滴熱喝

A: 參觀行程有多久？	Quelle est la durée de visite? 給雷 拉 丟黑 的 佛一季痛
B: 早上10:00出發，下午5:00結束。	Le départ à dix heures et le retour à cinq heures du soir. 了 得爸喝 阿 滴熱喝 耶 了 喝度喝 阿 散個喝 丟刷喝
A: 費用多少？	Combien il faut payer? 公逼淹 一了 否 揹葉
B: 費用是15歐元。	Quinze euros. 干子 ㄜ侯
A: 包括午餐費嗎？	Y compris le déjeuner? 一 公撲嘻 了 得糾內
B: 沒有，午餐自理。	Non. Le déjeuner n'est pas compris. 弄 了 得糾餒 餒 巴 公撲嘻
A: 那在哪裡集合？	On se donne rendez-vous où? 翁 色 抖呢 烘得夫 無
B: 在這裡的門口前，10:00準時出發。	Rendez-vous à dix heures devant la porte. 烘得夫 阿 滴熱喝 的風 拉 播喝痛

好用例句輕鬆學 Exemples

1 這裡的旅遊諮詢中心怎麼走？	Où est le Bureau du Tourisme? 烏 耶 了 撥ㄩ侯 丟 嘟喝衣、司麼
2 我要一份巴黎地圖。	Je désire une carte de Paris. 惹 得瑞一喝 淤呢 嘎喝痛 的 巴喝衣、
3 我想要一份巴黎的餐廳衣旅館指南。	Je désire un guide des hôtels-restaurants. 惹 得瑞一喝 嗯 ㄍ一的 得揉得了衣黑司都闕
4 我想報名參加這個旅行團。	Je voudrais participer à un voyage organisé. 惹 夫的黑 巴喝滴西揹 阿 嗯 佛哇訝居 歐喝嘎泥瑞葉

5 參加這個旅行團的費用是多少？	Combien dois-je payer pour ce voyage? 公逼淹 大烏啊衣惹 揹耶 不喝 色 佛哇訝居
6 這個旅行團明天早上幾點出發？	A quelle heure le groupe va partir demain? 阿 給樂喝 了 個戶撲 伐 八喝弟喝 的面
7 我應該到哪裡集合？	Où je dois le rejoindre? 烏 ㄉㄨ啊ˊ衣惹 了 喝瑞ㄋ的喝

單字聯想大會串 Vocabulaire

詢問 *v. pr.*	s'informer 三否喝妹
旅遊諮詢中心 *n. m.*	Bureau du Tourisme ㄅㄩ侯 丟 嘟嘻義司麼
地圖 *n. f.*	carte 尬喝痛
指南；導遊 *n. m.*	guide ㄍㄧˋ的
參加 *v.*	participer 巴喝滴西北
午餐 *n. m.*	déjeuner 得糾內
集合 *v.*	rejoindre/rassembler 喝瑞ㄋ的喝 / 哈散ㄅ累
旅遊團 *n. m.*	groupe de tourisme 個戶潑 的 嘟嘻義司麼
觀光客 *n.*	touriste 嘟嘻義司痛

巴士 *n. m.*	bus ㄅㄩˋ司
司機 *n. m.*	conducteur/chauffeur 公丟ˋ科的喝 / 修否喝

Unité 2 逛博物館 Au musée

MP3-108

好用會話 Conversation

A: 我要買一張學生票。	Je veux acheter un billet d'étudiant. 惹 佛日啊噓得 嗯 逼耶 得丟滴用
B: 請給我看您的證件。	Vos papiers, s'il vous plaît. 佛日啊匹葉 西了 夫 撲累
A: 這是我的學生證。	Voici ma carte d'étudiant. 佛哇西 媽 尬喝痛 得丟滴用
B: 一張學生票是4歐元。	Quatre euros par personne. 尬痛喝 ㄜ侯 拔喝 被喝瘦吒
A: 請問博物館幾點閉館？	Le musée ferme à quelle heure? 了 麼ㄩ蕊 費喝麼 阿 給樂喝
B: 晚上6:00。	A dix-huit heures. 阿 滴瑞遇的喝
A: 我知道了。能給我一份參觀指南嗎？	Très bien. Pouvez-vous me donner un guide de visite? 痛黑 逼燕 不肥衣夫 麼 都餒 嗯 刻衣、的 的 佛一季痛
B: 就在您的左邊，您可以自取。	Ils sont à votre gauche, vous pouvez les prendre vous-même. 一了 松打 佛痛喝 夠噓 夫 不肥 壘 撲鬩的喝 夫衣妹麼
A: 這些其他資料我也可以拿嗎？	Je peux aussi prendre d'autres documents? 惹 薄 歐西 撲鬩的喝 抖痛喝 都刻悠濛

B: 可以的，請便。	Ils sont à votre disposition. 一了 松打 佛痛喝 滴司波機兄

好用例句輕鬆學 Exemples

1 我要買3張成人票。	Je veux trois billets. 惹 佛 痛滑 逼葉
2 請問博物館幾點開館？	Le musée ouvre à quelle heure? 了 麼ㄩ蕊 無ㄈ喝 阿 給樂喝
3 博物館是在晚上6:00閉館嗎？	C'est à six heures du soir que le musée ferme? 些搭西熱喝 丟 刷喝 個 了 麼ㄩ蕊 肥喝麼
4 我想要一份博物館的參觀指南。	Je voudrais un guide de visite du musée. 惹 夫的黑 嗯 刻衣丶的 的 佛一季痛 丟 麼ㄩ瑞
5 我想要一份博物館的導覽地圖。	Je voudrais une carte de guide du musée. 惹 夫的黑 淤呢 嘎喝痛 的 刻衣丶的 丟 麼ㄩ瑞
6 學生票1張多少錢？	Le prix d'un billet étudiant, c'est combien? 了 撲嘻 等 逼耶 耶丟滴用 些 公比淹
7 請問「蒙娜麗莎的微笑」這幅畫是在哪一層樓？	A quel étage est exposé le tableau de la <Joconde>? 阿 給雷大居 耶得科司波瑞耶 了 搭撥囉 的 拉 糾共的

單字聯想大會串 Vocabulaire

學生證 *n. f.*	carte d'étudiant 尬喝痛 得丟滴用
博物館 *n. m.*	musée 麼ㄩ瑞
關；關閉 *v.*	fermer 非喝梅
參觀指南 *n. m.*	guide de visite ㄍ一丶的 的 佛一季痛

開；開放 *v.*	ouvrir 烏佛嘻喝
展覽 *v.*	exposer 耶科司波瑞耶ˋ
畫 *n. m./n. m./n. f.*	tableau/dessin/peinture 搭ㄅ漏 / 得散 / 笨痛喝
羅浮宮 *n. m.*	Palais du Louvre 巴壘 丟 路佛喝
玻璃金字塔 *n. f.*	Pyramide en verre 逼哈密的 翁 費喝
地標 *n. f.*	marque de zone 罵喝科 的 肉呢
雕像 *n. f.*	statue 司搭丟ˋ
藝術 *n. m.*	art 阿喝
收藏 *n. f.*	collection 勾壘科兄
珍貴的 *a.*	précieux(précieuse) 潑黑西又（潑黑西又子）

Unité 3 看電影 Au cinéma　MP3-109

好用會話 Conversation

A: 晚安，我要1張「艾蜜莉的異想世界」的票。	Bonsoir. Un billet pour <Le Fabuleux Destin d'Amélie Poulain>, s'il vous plaît. 崩 刷喝 嗯 逼耶 不喝 了 發撥ㄩ樂 得司店 答美梨 不累ㄋ 西了 夫 撲累

B: 成人票或學生票？	Vous voulez un billet ordinaire ou d'étudiant? 夫 夫雷 嗯 逼耶 歐喝滴內喝 烏 得丟滴擁
A: 學生票，這是我的學生證。	D'étudiant, voici ma carte. 得丟滴擁 佛哇西 媽 嘎喝痛
B: 學生票1張1歐元20分。	Un euro et vingt centimes. 嗯 ㄜ侯 耶 翻 三滴麼
A: 這是2歐元。	Voici deux euros. 佛哇西 的 ㄜ侯
B: 找您80分，還有您的票。	Je vous rends quatre-vingts centimes et voici votre billet. 惹 夫 洪 嘎痛喝衣翻 三地麼 耶 佛哇西 否痛喝 逼葉
A: 謝謝。請問Paris 2戲院該怎麼走？	Merci. Le Cinéma Paris deux c'est par où, s'il vous plaît? 每喝西 了 西餒麻 巴喝衣 的 些 拔喝 無 西了 夫 撲累
B: 左邊上一樓。	C'est par là à gauche ensuite monter au premier étage. 些 拔喝 拉 阿 夠噓 蓊隨痛 矇得 歐 撲喝咪爺 耶大居
A: 謝謝。	Merci. 每喝西
B: 不客氣。	De rien. 的 喝衣燕

好用例句輕鬆學 Exemples

1 請問今天放映什麼電影？	Quel film on passe aujourd'hui? 給了 ㄈㄧˋ了麼 蓊 爸司 歐入喝ㄉㄩˋ
2 請問1張學生票多少錢？	Combien coûte un billet d'étudiant? 公逼淹 古痛 嗯 逼耶 得丟滴用
3 請問1張成人票多少錢？	Combien coûte un billet ordinaire? 公逼淹 古痛 嗯 逼耶 歐喝滴內喝

4 我要3張「艾蜜莉的異想世界」的票。	Je prends trois billets pour <Le Fabuleux Destin d'Amélie Poulain>. 惹 撲烘 痛滑 逼耶 不喝 了 發撥ㄩ樂 得司店 答美梨 不累ㄋ
5 請問我的位子在哪裡？	Où se trouve ma place? 烏 色 痛戶夫 媽 撲辣司
6 請問片長有多長？	Combien de temps dure la projection? 公逼淹 的 洞 丟悠喝 拉 撲侯揭科兄

單字聯想大會串 Vocabulaire

電影 *n. m./n. m.*	cinéma/film 西餒嘛 / 佛衣了麼
電影院 *n. m.*	cinéma 西餒嘛
電影票 *n. m./n. m.*	billet/ticket 逼葉 / 滴給
成人票 *n. m.*	billet ordinaire 逼耶 歐喝滴內喝
學生票 *n. m.*	billet d'étudiant 逼耶 得丟滴用
放映 *v.*	présenter 潑黑嚷得
放映 *n. f.*	projection 潑侯揭科兄
院線片 *n. m.*	film à l'affiche 佛衣了麼 阿 拉佛衣噓
上映	passer à l'écran 巴些ˊ 阿 雷科鬨

片名 *n. m.*	titre du film 弟痛喝 丟 佛衣了麼
主角 *n. m.*	héros(héroïne) 耶候（耶侯一呢）
配角 *n. m.*	rôle secondaire 侯了 色供得喝
演員 *n. m.*	acteur(actrice) 阿科的喝（阿科痛嘻義司）
劇情 *n. f.*	intrigue 恩個痛嘻義個
愛情片 *n. m.*	film d'amour 佛衣了麼 搭木喝
恐怖片 *n. m.*	film d'horreur 佛衣了麼 都賀喝
偵探片 *n. m.*	film d'espionnage 佛衣了麼 得司披喲那居
科幻片 *n. m.*	film de science-fiction 佛衣了麼 的 西用司衣佛一科兄
喜劇片 *n. f.*	comédie 勾美地

Unité 4 逛酒莊 Les caves

MP3-110

好用會話 Conversation

A: 先生，我該怎麼拿這香檳酒杯？	Monsieur, s'il vous plaît, comment dois-je tenir le verre de champagne? 麼司又 西了夫 撲累 勾濛 大烏啊衣惹 的逆喝 了 肥喝 的 香爸捏

B: 手握住酒杯下方細長的地方。	Tenez-le par le pied du verre. 的餕衣了 拔喝 了 披葉 ㄉㄩ 費喝
A: 它金黃的顏色看起來真好看！	Sa couleur dorée a l'air magnifique! 撒 姑樂喝 都黑 阿 壘喝 媽泥ㄈㄧˋ科
B: 顏色越金黃，表示它的酒齡越長。	Cette couleur d'or pur témoigne de la vieillesse du vin. 些痛 姑樂喝 都喝 撥ㄩˋ喝 得摸哇捏 的 拉 佛一耶葉司 丟 飯
A: 我注意到香檳還有好多氣泡。	J'ai remarqué la riche mousse du champagne. 瑞耶 喝媽給 拉 喝衣噓 木司 丟 香爸捏
B: 氣泡越細緻，表示香檳的品質越好。	La fine mousse témoigne de la superbe qualité du champagne. 拉 佛衣呢 木司 得摸哇捏 的 拉 虛背喝撥 嘎哩得 丟 香爸捏
A: 我現在真想喝它一口。	J'ai vraiment envie d'en boire une gorgée. 瑞耶 夫黑矇 翁佛一 懂 撥娃喝 淤呢 勾喝介
B: 喝一小口，然後慢慢入喉。喝吧！	Prenez-en un peu et buvez doucement. A votre santé! 撲喝餕衣翁 嗯 薄 耶 撥ㄩ肥 嘟司矇 阿 佛痛喝 桑得
A: 口感真棒！我愛上它了！	Exquis! Ça me séduit! 耶科司刻衣ˋ司 撒 麼 誰丟悠
B: 很高興您喜歡！	Je suis content que ça vous plaise! 惹 司ㄨㄧ 公冬 個 撒 夫 撲累子

好用例句輕鬆學 Exemples

1 這瓶香檳多少錢？	Combien cette bouteille de champagne coûte-t-elle? 公逼淹 些痛 不得一 的 香拔捏 姑痛衣得了

2 香檳的顏色為什麼是金黃色？	Pourquoi la couleur du champagne est-elle dorée? 不喝刮 拉 姑樂喝 丟 香拔捏 耶得了 都黑
3 香檳為什麼會冒氣泡？	Pourquoi le champagne est-il mousseux? 不喝刮 了 香拔捏 耶敵了 目色
4 你可以教我拿香檳酒杯的方法嗎？	Pouvez-vous m'apprendre la façon de tenir le verre? 不肥衣夫 媽撲紅的喝 拉 發松 的 的逆喝 了 費喝
5 我能試喝嗎？	Je peux goûter? 惹 薄 姑得
6 香檳的價錢很貴嗎？	Le prix de champagne est très cher? 了 撲喝衣 的 香拔捏 耶 痛黑 學喝

單字聯想大會串 Vocabulaire

握；拿 *v.*	tenir 的逆喝
美麗的 *a.*	magnifique 媽逆佛衣科
證明；表示 *v.*	témoigner 得麼哇聶
注意 *v.*	remarquer 喝媽喝給
氣泡 *n.f.*	mousse 木司
細的；細緻的 *a.*	fin 飯
品質 *n.f.*	qualité 嘎哩得

想；想要		avoir envie de	阿佛畫喝 翁 佛一 的
一口喝下	*n.f.*	gorgée	勾喝介
吞；吞嚥	*v.*	avaler	阿發累
美味的；美妙的	*a.*	exquis	耶科司ㄍㄧˋ子
吸引；誘惑	*v.*	séduire	誰丟ˋ喝
瓶；酒瓶	*n.f.*	bouteille	不得一
冒泡的	*a.*	mousseux(mousseuse)	木色（木色子）
酒窖	*n.f.*	cave	尬夫
栽種	*v.*	planter	潑龍得
採收	*v.*	recueillir	喝個義喝
榨汁	*v.*	presser	潑黑謝
木塞	*n.m.*	bouchon	不兄
開瓶器	*n.f.*	ouvre-bouteille	誤夫喝衣不得一

Unité 5 逛舊書店 Librairie

MP3-111

好用會話 Conversation

A: 先生，這家書店看起來好久了。	Cette librairie a l'air très ancienne Monsieur. 些痛 哩撥黑喝衣 阿 壘喝 痛黑 翁西燕呢 麼司又
B: 是啊！這家書店是我父親開的。	Evidemment. Cette librairie a été ouverte par mon père. 耶佛一搭夢 些痛 哩撥黑喝衣 阿 耶得 烏費喝痛 拔喝 矇 被喝
A: 有多少年了？	Combien d'années y a-t-il de cela? 公逼淹 打餒 鴉敵了 的 色啦
B: 跟我一樣老，已經有60年了。	Elle a le même âge que moi, c'est-à-dire soixante ans. 耶拉 了 美麻居 個 摸哇 些衣搭衣敵喝 司哇松洞
A: 書店很老，但您看起來還很年輕。	La librairie est très ancienne, mais vous semblez bien jeune. 拉 哩ㄅ黑喝衣 耶 痛黑 翁西燕呢 每 夫 松ㄅ壘 逼淹 就呢
B: 謝謝。	Merci. 每喝西
A: 對了，先生，有沒有《小王子》這本書？	A propos, vous avez le livre <Le Petit Prince>? 阿 撲侯波 夫日啊肥 了 梨佛喝 了 撥滴 撲韓司
B: 您直走到底，就會找到了。	Allez tout droit et vous le trouverez. 阿壘 嘟 的畫 耶 扶 了 痛戶佛黑
A: 這本書在台灣很有名。	Ce livre est bien connu à Taïwan. 色 粒佛喝 耶 逼淹 勾女 阿 台灣
B: 在法國，也有很多人讀它。	On le lit beaucoup aussi en France. 翁 了 梨 波姑 歐西 蓊 夫闖司

好用例句輕鬆學 Exemples

1 這家舊書店在哪裡？	Où se trouve le bouquiniste? 烏 色 痛戶佛 了 不刻衣逆司痛
2 我該如何去這間舊書店？	Quelle route prendre pour aller chez le bouquiniste? 給了 戶痛 撲闌的喝 不哈壘 靴 了 不刻衣逆司痛
3 這間舊書店有多久的歷史了？	Quelle est l'histoire de ce bouquiniste? 給蕾 哩司大烏啊、喝 的 色 不刻衣泥司痛
4 我想要找一本莒哈絲的書。	Je cherche un livre de Marguerite Duras. 惹 學喝噓 嗯 粒佛喝 的 媽喝個喝衣、痛 丟哈司
5 我找不到莒哈絲的《情人》這本書。	Je n'arrive pas à trouver <L'amant> de Marguerite Duras. 惹 娜喝衣佛 拔 阿 痛戶肥 拉濛 的 媽喝個喝衣、痛 丟哈司
6 您可以幫我找莒哈絲的《情人》這本書嗎？	Pouvez-vous m'aider à trouver le livre <L'amant> de Marguerite Duras? 不肥衣扶 每得 阿 痛戶肥 了 粒佛喝 拉濛 的 媽喝個喝衣、痛 丟哈司

單字聯想大會串 Vocabulaire

書店 *n. f.*	librairie 哩ㄅ黑嘻義
舊書店；舊書商 *n. m.*	bouquiniste 不ㄍㄧ逆司痛
舊書 *n. m.*	bouquin 不更
書架 *n. f./n. f.*	bibliothèque/étagère 逼ㄅ哩喲得科 / 耶搭介喝
平裝 *n. f.*	reliure simple 喝綠喝 散ㄅ了

精裝 *n. f.*	reliure raffinée 喝綠喝 哈佛一內
封面 *n. f.*	couverture 姑費喝丟ˋ喝
出版社 *n. f.*	maison d'édition 美容 得滴兄
作家 *n. m.*	écrivain 耶科喝衣飯

Partie Ⅶ

瀰漫街頭的咖啡香：露天咖啡館

Arôme partout: Café en plein air

來到法國，記得一定要去喝杯咖啡、歇歇腳，尤其是坐在露天咖啡館。在這裡，有人自顧自地看著書；有人輕鬆地聊著天；也有人只是靜靜看著來來往往的行人……或是聞著咖啡香，欣賞街頭藝人的表演。身為其中的一份子，相信你一定會感受到，原來自己也可以這麼悠閒、浪漫和藝術！

Unité 1 點飲料 Les boissons

MP3-112

好用會話 Conversation

A: 請問您要點什麼？	Que désirez-vous? 個 得瑞一黑衣付
B: 請給我一杯咖啡。	Un café, s'il vous plaît. 嗯 嘎非 西了 夫 撲累
A: 還要其他東西嗎？	Voulez-vous autre chose? 夫壘衣夫揉痛喝 修子
B: 不用了。請問木炭咖啡館開很久了嗎？	Non. Voulez-vous me dire l'histoire du Café Charbon? 弄 夫壘衣扶 麼 敵喝 哩司大烏啊、喝 嘎非 簫喝蹦
A: 有好幾十年了。	Il date de plusieurs dizaines d'années. 一了 答痛 的撲綠瑞一又喝 滴瑞耶呢 搭內
B: 這家咖啡館的裝飾很特別。	Ce café est typiquement décoré. 色 嘎費 耶 滴逼個矇 得勾黑
A: 我的老闆3年前曾重新裝潢過。	Mon patron l'a renové il y a trois ans. 猛 巴痛紅 拉 喝呢費 一哩牙 痛划冗

B: 我很喜歡牆上那幅畫。	J'aime beaucoup ce tableau accroché au mur. 瑞耶麼　波姑　色　搭撥囉　阿科侯穴　嘔　麼ㄩ丶喝
A: 我也很喜歡。	Moi aussi. 摸哇　歐西
B: 很抱歉，耽誤您工作的時間。	Excusez-moi de vous avoir dérangé. 耶科司刻悠蕊摸哇ˊ　的　夫撒佛哇喝　得烘介
A: 一點都不會，我很高興和您聊天。	Pas du tout. C'est un grand plaisir pour moi! 巴　丟　度　些等　個烘　撲累季喝　不喝　摸哇

好用例句輕鬆學 Exemples

1 我可以請問你幾個問題嗎？	Je peux vous poser quelques questions? 惹　薄　夫　波瑞耶ˊ　給了個　給司雄
2 我可以耽誤你幾分鐘嗎？	Je peux vous parler quelques minutes? 惹　薄　夫　巴喝壘　給了個　咪女痛
3 你們幾點開始營業？	A quelle heure vous ouvrez? 阿　給樂喝　夫如ㄈ黑
4 這家咖啡館裝飾很特別。	Ce café est typiquement décoré. 色　嘎肥　耶　滴逼個曚　得勾黑
5 我要一杯啤酒。	Je veux une bière. 惹　佛　淤呢　逼葉喝
6 有沒有清涼的飲料？	Il y a des boissons fraîches? 一哩牙 得 撥哇松 夫黑虛

單字聯想大會串 Vocabulaire

愉快 *n. m.*	plaisir 潑累季喝

提問；問 *v.*	poser des questions/questionner 波瑞耶ˊ 得 給司兄／給嘻喲內
耽擱；占據 *v.*	occuper/déranger 歐ㄍㄩ被／得烘介
清涼的 *a.*	frais(fraîche) 夫黑（夫黑噓）
清涼 *n.f.*	fraîcheur 夫黑秀喝
露天的	en plein air 翁 潑累內喝
咖啡機 *n.f.*	machine à café 媽徐呢 阿 嘎費
沖泡 *v.*	infuser 恩佛ㄩ瑞
吧檯 *n.m.*	bar 爸喝
香菸 *n.f.*	cigarette 西嘎黑痛
聊天 *v.*	causer 勾瑞耶ˋ
聊天 *n.f.*	causerie 勾熱嘻義
放鬆的 *a.*	détendu 得冬丟ˋ
悠閒的 *a.*	décontracté 得公痛哈科得

Unité 2 聊聊天 Causerie

MP3-113

好用會話 Conversation

A: 請問這裡有人坐嗎？	Pardon, cette place est occupée? 巴喝冬　些痛　撲拉司　耶都刻悠北
B: 沒有，就我一個人。	Non, elle est libre. 弄　耶雷　粒撥喝
A: 那我可以坐這裡嗎？	Et je peux m’asseoir ici? 耶　惹　撥ㄜ　媽耍喝　一席
B: 當然，請便。	Bien sûr. Je vous en prie. 逼淹　序喝　惹　夫榮　撲喝衣丶
A: 我叫尼可拉，很高興認識您。	Je m’appelle Nicolas. Très heureux de faire votre connaissance. 惹　媽北了　泥勾啦　痛黑　ㄜ喝　的　肥喝　佛痛喝　勾餒送司
B: 您好。我叫李林。	Bonjour, je m’appelle Li Lin. 崩入喝　惹　媽北了　李林
A: 您是日本人？	Vous êtes Japonais? 夫瑞耶ˊ痛　家波內
B: 不是，我是台灣人。	Non, Taïwanais. 弄　待灣內
A: 您是來法國觀光的嗎？	Vous êtes en France pour du tourisme? 夫瑞耶ˊ痛　蓊　夫闌司　不喝　丟　嘟喝衣司麼
B: 是的，這已經是我的最後一站。	Oui. C’est la dernière station de mon circuit. 烏衣　些　拉　得喝泥葉喝　司搭兄　的　矇　西喝刻悠丶
A: 您玩得還愉快嗎？	Vous vous êtes bien amusé? 夫　夫瑞耶ˊ痛　逼淹　阿女瑞耶ˊ

B: 您的國家很漂亮，我玩得很高興。	Votre pays est très joli. Je me suis beaucoup amusé. 佛痛喝 被一 耶 痛黑 糾哩 惹 麼 司烏衣 波姑 阿女瑞葉
A: 聽說台灣是一個不錯的地方。	J'ai entendu dire que Taïwan est un bel endroit. 瑞耶 翁冬丟 敵喝 個 待灣 耶等 北龍的滑
B: 有機會希望您到台灣一遊。	J'espère qu'un jour vous pourrez visiter Taïwan. 瑞耶司北喝 梗 入喝 夫 不黑 ㄈ一季得 待萬

好用例句輕鬆學 Exemples

1 請坐！	Asseyez-vous! 阿些耶衣付
2 很抱歉，這裡已經有人坐了。	Pardon, c'est occupé. 巴喝冬 些都刻悠被
3 我來自台灣。	Je viens de Taïwan. 惹 佛一淹 的 待萬
4 我是從台灣來的觀光客。	Je suis touriste venu de Taïwan. 惹 司烏衣 嘟喝衣、司痛 否女 的 待萬
5 台灣是一個小島。	Taïwan est une petite île. 待玩 耶丟ˊ呢 撥滴地了
6 歡迎你到台灣玩。	Soyez le bienvenu à Taïwan. 刷爺 了 逼淹否女 阿 待萬
7 你的國家很漂亮。	Votre pays est très joli. 佛痛喝 被一 痛黑 糾粒

單字聯想大會串 Vocabulaire

高興的 *a.*	heureux(heureuse) ㄜ喝（ㄜ喝子）

台灣人 *n. m.*	Taïwanais 待萬內
台灣 *n.*	Taïwan 待萬
島；島嶼 *n. f.*	île 義了
邀請 *n. f.*	invitation 恩佛一搭兄
親切的 *a.*	aimable 耶罵ㄅ了
禮貌的 *a.*	poli 波粒
無禮的 *a.*	impoli 恩波粒
粗魯的 *a.*	grossier(grossière) 個侯西葉（個侯西葉喝）
騙子 *n. m.*	menteur 矇的喝
小偷；扒手 *n. m.*	voleur 否樂喝

Unité 3 街頭表演 Représentation au coin de rue MP3-114

好用會話 Conversation

A: 他演奏得真好聽！	Il joue très bien! 一了　如　痛黑　逼燕

B: 是啊！每年都會有許多街頭藝人在這裡表演。	Oui. Chaque année pas mal d'artistes de rue se représentent ici. 烏衣 簫嘎內 巴 麻了 搭喝地司痛 的 喝ㄩ 色 喝撲黑冗痛 一西
A: 有了他們，街道充滿了生氣。	Avec eux, la rue est pleine d'animation. 阿非各 拉 喝ㄩ 耶 撲累呢 搭滴媽兄
B: 沒錯，他們的確功不可沒。	Sans doute, ils en ont le mérite. 松 度痛 一了嚷哢 了 梅喝衣ヽ痛
A: 這些演出會持續多久？	Combien de temps durent ces représentations? 公逼淹 的 冬 丟悠喝 些 喝撲黑冗搭兄
B: 大概從五月份到十月份。	cinq mois, de mai jusqu'en octobre. 三科 摸哇 的 梅 居司拱 歐科豆撥喝
A: 夏季的法國真熱鬧！	Quelle bonne ambiance vous avez en France en été! 給了 薄呢 翁逼用司 夫日啊肥 翁 夫闕司 翁內得
B: 沒錯！正好和冬天時的景像相反。	Vous avez raison! Tout le contraire de l'hiver. 夫日啊肥 黑冗 嘟 了 公痛黑喝 的 哩費喝

好用例句輕鬆學 Exemples

1 你表演得太棒了！	Votre repésentation est manifique. 佛痛喝 喝撲黑冗搭兄 耶 媽泥佛衣科
2 你是學生嗎？	Vous êtes étudiant? 夫瑞耶ノ痛蕊丟滴庸
3 你長得真帥！	Vous êtes vraiment très beau! 夫瑞耶ノ痛 夫黑矇 痛黑 播
4 我可以拍你的一張照片嗎？	Je peux vous prendre en photo? 惹 薄 夫 撲烘的喝 蓊 否抖

5 你每年夏天都會在這裡表演嗎？	Vous êtes ici pour la représentation de chaque été? 夫瑞耶ˊ痛　一西　不喝　拉　喝撲黑冗搭兄　的　蕭給得
6 你使用的是什麼樂器？	Quel instrument de musique employez-vous? 給壘ㄋ司痛喝ㄩ濛　的　麼ㄩ機科　翁撲ㄌ哇耶衣付

單字聯想大會串 Vocabulaire

演奏；演出 *v.*	jouer 如耶ˋ
表演 *v.*	présenter 潑黑冗得
生氣勃勃；活潑 *n. m.*	animation 阿泥媽兄
功勞；功績 *n. m.*	mérite 每嘻義痛
非常好；太棒了 *a.*	excellent/magnifique 耶科些龍 / 媽泥佛衣科
樂器 *n. m.*	instrument de musique 恩司痛喝ㄩ矇　的　麼ㄩ季科
音樂 *n. f.*	musique 麼ㄩ季科
音樂家 *n. m.*	musicien(musicienne) 麼ㄩ機西燕（麼ㄩ機西燕呢）
薩克斯風 *n. m.*	saxophone 撒科搜鳳呢
小提琴 *n. m.*	violon 佛一喲龍

大提琴 *n.f.*	violoncelle 佛一喲龍謝了
魔術 *n.f.*	magie 媽季
跳舞 *n.f.*	danse 洞司
舞者 *n.*	danseur(danseuse) 冬色喝（冬色子）
畫家 *n.*	peintre 笨痛喝
藝術家 *n.*	artiste 阿喝地司痛

Unité 4 搭訕 Accostage

MP3-115

好用會話 Conversation

A: 您好，先生。您一個人嗎？	Bonjour, Monsieur. Vous êtes seul? 崩入喝 媽司又 夫瑞耶痛 舌了
B: 有什麼事嗎？	Que voulez-vous? 個 夫累衣夫
A: 那邊有間咖啡館，能請您喝杯咖啡嗎？	Il y a là-bas un café. Je peux vous inviter? 一哩牙 拉吧 嗯 嘎費 惹 薄 夫忍佛衣痛
B: 很抱歉，我剛剛已經喝過了。	Pardon, je l'ai pris tout à l'heure. 巴喝冬 惹 壘 撲喝衣 嘟搭樂喝
A: 真是太可惜了！您確定嗎？	C'est dommage! Vous en êtes sûr? 些 都罵居 夫冗餒痛 徐喝
B: 是的。很抱歉，我得走了。	Oui. Exusez-moi, je dois m'en aller. 烏衣 耶科司刻悠蕊摸哇 惹 大烏啊 矇娜累

A: 祝您愉快。	Bonne journée! 本呢　如喝內

好用例句輕鬆學 Exemples

1 抱歉，我只想要一個人。	Pardon, je préfère être seul. 巴喝冬　惹　撲黑肥喝　耶痛喝　色了
2 我什麼東西都不想喝。	Je ne veux rien prendre. 惹　呢　佛　喝衣淹　撲闐的喝
3 我朋友正在等我，我得走了。	Mes amis m'attendent, je dois m'en aller. 每日啊咪　媽洞的　惹　大烏啊　矇娜壘
4 對不起，我趕時間。	Pardon, je suis pressé. 巴喝冬　惹　司烏衣　撲黑斯葉

單字聯想大會串 Vocabulaire

單獨的 *a.*	seul 色了
咖啡館 *n. m.*	café 嘎費
可惜的；遺憾的 *a.*	dommage 都罵居
較喜歡 *v.*	préférer 潑黑費喝
趕的；急忙的 *a.*	pressé 潑黑謝
陌生人 *n. m.*	inconnu 恩勾女
無聊的 *a.*	ennuyeux(ennuyeuse) 翁女又（翁女又子）

小心的 *a.*	prudent 潑喝ㄩ洞
紳士的 *a.*	gentil 將地一
惡劣的 *a.*	méchant 每向
酒醉的 *a.*	ivre 義夫喝

Partie Ⅷ

上路旅行有方法：交通工具

Déplacement: Moyens de communication

法國的交通網路密集，通達各地都方便極了！只要懂得利用不同的交通工具，法國風光一定盡在你眼底。在短途旅程中，自己開車、想停就停的自由，往往可以讓你更深入當地，有意想不到的發現！若是長途旅程，為了免去長程駕駛的疲累，減低旅遊的興致，可以通往1400個城鎮的火車路線則是你最佳的選擇。在以下幾個單元中，你將輕鬆學會法語的交通工具和基本用語，在法國自遊自在。

Unité 1 法國國鐵火車票 Jocker 30 MP3-116

好用會話 Conversation

A: 您好。我有一張法國國鐵火車通行證，我現在要使用它。	Bonjour. J'ai un Jocker 30, j'ai besoin de l'utiliser. 崩入喝　瑞耶　嗯　糾給 痛鬩痛　黑了爸司　瑞耶　撥瑞ㄋ　的　綠滴哩瑞耶
B: 您是第一次使用它嗎？	C'est la première fois que vous l'utilisez? 些　拉　撲喝咪葉喝　佛哇　個　夫　綠滴梨子
A: 是的。	Oui. 烏衣
B: 那請給我您的火車票和護照。	Montrez-moi votre billet et passeport. 矇痛黑衣摸哇　佛痛喝　逼耶　耶　巴司播喝
A: 好的，在這裡。	D'accord. Les voici. 搭夠喝　壘　佛哇西
B: 好啦，現在您可以開始使用它了。	Bon, maintenant vous pouvez l'utiliser. 蹦　面ㄉ農　夫　不肥　綠滴哩瑞耶

A: 請問我需要打票嗎？	Je dois composter le billet? 惹　大烏啊　公波司得　了　逼爺
B: 不用，只要直接上車就可以了。	Non, vous pouvez monter directement dans le train. 弄　夫　不肥　矇得　滴黑科的矇　冬　了　痛漢
A: 每次都是這樣嗎？	Et c'est toujours pareil? 耶 些　嘟入喝　巴黑一
B: 是的，直接上車就行了。	Exactement, monter directement dans le train. 耶個日啊個的夢　矇得　滴黑科的矇　冬　了　痛漢
A: 那在什麼情形下要打印車票？	Eh bien, dans quel cas je dois composter le billet? 耶逼燕　冬　給了　尬司　惹　大烏啊　公波司得　了　逼耶
B: 如果你是當場購票，在上車前就一定要打票。	Si vous acheter le billet sur les lieux, vous devez le composter avant de monter dans le train. 西　夫日啊噓得　了　逼耶　徐喝　壘　哩又　夫　的　肥　了　公波司得　阿風　的　矇得　冬　了　痛漢

好用例句輕鬆學 Exemples

1 我在台灣買了一張法國國鐵火車通行證。	J'ai acheté un Jocker 30 à Taïwan. 瑞耶　阿噓得　嗯　糾給 痛闕痛　阿　待萬
2 我該如何使用法國國鐵火車通行證？	Comment dois-je utiliser le Jocker 30? 勾濛　大烏啊衣惹　淤滴哩瑞耶　了　糾給 痛洪痛
3 我現在可以使用法國國鐵火車通行證了嗎？	Je peux utiliser le Jocker 30? 惹　薄　淤滴哩瑞耶　了　糾給 痛洪痛
4 我在上火車前，要打票嗎？	Il faut composter le billet avant de monter dans le train? 一了　佛　公波司得　了　逼耶　阿風　的　矇得　冬　了　痛漢

5 這是我的護照和火車票。	Voici le billet et mon passeport. 佛哇西　了　逼耶　耶　矇　巴司播喝

單字聯想大會串 Vocabulaire

法國國鐵通行證 *n. m.*	Jocker 30 糾給 痛閧痛
使用 *v.*	utiliser 淤滴哩瑞耶
乘上（車） *v.*	monter 矇得
（機器）打印 *v.*	composter 公波司得
當場；現場 *pl.*	lieux 哩又
票務櫃檯 *n. m.*	guichet ㄍㄧ穴
售票員 *n. m.*	caissier 給西葉
票務員 *n. m.*	receveur 喝色否喝
自動售標機 *n. m.*	distributeur automatique 滴司痛喝衣逼的喝 歐都媽地科
查票 *v.*	contrôler 公痛侯累
查票員 *n. m.*	contrôleur 公痛侯樂喝
罰款 *n. f.*	amende 阿夢的

Unité 2 一般火車 Train ordinaire

MP3-117

好用會話 Conversation

A: 我要1張到安錫的火車票？	Je veux un billet pour Annecy. 惹 佛 嗯 逼耶 不喝 安西
B: 單程或來回？	Aller simple ou aller-retour? 阿壘 散撥了 烏 阿壘衣喝度喝
A: 來回。	Aller-retour. 阿壘衣喝度喝
B: 去程的要幾點？	L'heure du départ? 樂喝 丟 得爸喝
A: 11:20。	A onze heures vingt. 阿 翁熱喝 飯
B: 回程呢？	Et le retour? 耶 了 喝度喝
A: 回程是下午5:00。	A cinq heures de l'après-midi. 阿 三各喝 的 拉撲黑衣咪滴
B: 總共是5歐元。	Ça fait en tout cinq euros. 撒 非 翁 嘟 三科 ㄜ侯
A: 這是10歐元。	Voici dix euros. 佛哇西 滴司 ㄜ侯
B: 找您5歐元，還有您的票。	Je vous rends cinq euros et voici votre billet. 惹 夫 烘 三科 ㄜ侯 耶 佛哇西 佛痛喝 逼葉

好用例句輕鬆學 Exemples

1 我要買2張到尼斯的來回車票。	Je veux deux aller et retour pour Nice. 惹 佛 的日啊雷 耶 喝度喝 不喝 逆司

2 我要買1張到波爾多的單程車票。	Je veux un aller simple pour Bordeaux. 惹 佛 嗯娜雷 散撥了 不喝 波喝豆
3 來回票比單程票便宜。	Un aller-retour est moins cher qu'un aller simple. 嗯娜雷衣喝度喝 耶 麼ㄨ耶 穴喝 跟娜雷 散撥了
4 4張火車票總共是多少錢？	Combien ça fait en tout pour ces quatre billets? 公逼淹 撒 非 翁 度 不喝 些 嘎痛喝 逼葉
5 你找錯錢了。	Vous vous êtes trompé de monnaie. 夫 夫瑞耶痛 痛烘揹 的 麼內
6 你應該找我5歐元。	Vous devez me rendre cinq euros. 夫 的非 麼 鬨的喝 三科 ㄜ侯

單字聯想大會串 Vocabulaire

去程；去程車票 *n. m.*	aller 阿壘
回程；回程車票 *n. m.*	retour 喝度喝
單程；單程車票 *n. m.*	aller simple 阿雷 散ㄅ了
來回車票 *n. m.*	aller-retour/aller et retour 阿雷衣喝度喝 / 阿雷 耶 喝度喝
時間 *n. m./n. f.*	temps/heure 洞 / 餓喝
時刻表 *n. m.*	horaire 歐黑喝
火車站 *n. f.*	gare 尬喝

月台 *n. m.*	quai 給
班次 *n. m.*	numéro du train 女每侯 丟 痛漢
等級 *n. f.*	classe 科辣司
車廂 *n. m.*	wagon 蛙共
起站 *n. m.*	départ 得爸喝
目的站 *n. f.*	arrivée 阿喝衣費
轉車 *n. f.*	correspondance 勾黑司崩洞司
電腦螢幕 *n. m.*	écran d'ordinateur 耶科烘 都喝滴娜的喝

Unité 3 子彈列車 Train à Grande Vitesse MP3-118

好用會話 Conversation

A: 您要搭哪一種車？	Quel train voulez-vous prendre? 給了 痛漢 夫雷衣夫　撲鬨的喝
B: 我要搭乘子彈列車。	Je veux prendre le TGV. 惹　佛　撲鬨的喝　了　得揭費
A: 時間呢？	Et l'heure? 耶　樂喝
B: 5月15日早上10:00。	A dix heures du matin le quinze mai. 阿　滴熱喝　丟　媽店　了　干子　妹

A: 單程或來回？	Un aller simple ou un aller-retour? 嗯娜雷　散撥了　烏　嗯娜雷衣喝度喝
B: 來回。	Un aller-retour. 嗯娜雷衣喝度喝
A: 幾個人？	Combien de personnes? 公逼淹　的　揹喝瘦呢
B: 兩個人。	Deux personnes. 的　揹喝瘦呢
A: 吸菸區或非吸菸區？	Fumeurs ou non-fumeurs? 佛ㄩ麼喝　烏　啨衣佛ㄩ麼喝
B: 非吸菸區。	Non-fumeurs. 啨衣佛ㄩ麼喝
A: 兩個人總共是32歐元。	Ça fait en tout trente deux euros. 撒　非　翁　嘟　痛閧的　ㄜ侯
B: 這是32歐元。	Voici trente deux euros. 佛哇西　痛閧的　ㄜ侯
A: 這是您的票。祝您旅途愉快。	Voici vos billets. Bon voyage! 佛哇西　佛　逼葉　蹦　佛哇訝居
B: 謝謝，再見。	Merci, au revoir. 每喝西　歐　喝佛襪

好用例句輕鬆學 Exemples

1 我要預訂2張到里昂的高速列車車票。	Je veux réserver deux billets de TGV pour Lyon. 惹 佛 黑瑞耶喝肥 的 逼耶 的 得揭非 不喝 哩用
2 我要買1張子彈列車的車票。	Je veux un billet de TGV. 惹 佛 嗯 逼耶 的 得揭非
3 我要買1張到巴黎的單程火車票。	Je veux un billet simple pour Paris. 惹 佛 嗯 逼耶 散撥了 不喝 巴喝衣

4 我要有臥鋪的。	Je veux le wagon-lit. 惹 佛 了 蛙公衣粒
5 我要非吸菸區的位子。	Je veux une place dans le compartiment non fumeurs. 惹 佛 淤呢 撲辣司 冬 了 公巴喝滴朦 呩 佛ㄩ麼喝
6 我不要吸菸區的位子。	Je ne veux pas de place dans le compartiment des fumeurs. 惹 呢 佛 巴 的 撲辣司 冬 了 公巴喝滴朦 得 佛ㄩ麼喝

單字聯想大會串 Vocabulaire

窗子 *n. f.*	fenêtre 佛內痛喝
走道 *n. m.*	passage 巴撒居
座位 *n. f.*	place 潑辣司
臥鋪 *n. m./n. f.*	wagon-lit/couchette 蛙公衣粒 / 姑穴痛
餐車 *n. m.*	wagon-restaurant 蛙公衣黑司都閧
自助式小吧檯 *n. m.*	buffet ㄅㄩ費
開放式 *n.*	wagon 蛙共
包廂式 *n. m.*	compartiment 公巴喝滴夢

Unité 4 租車 Location d'une voiture

MP3-119

好用會話 Conversation

A: 您好，我是來取車的。	Bonjour, je viens prendre la voiture. 崩入喝 惹 ㄈ燕 撲烘的喝 拉 ㄈ哇ㄌㄩ丶喝
B: 請給我您的訂車單。	Montrez-moi votre fiche, s'il vous plaît. 矇痛黑衣摸哇 佛痛喝 佛衣噓 西了 夫 撲累
A: 請問，車子已經加滿油了嗎？	La voiture est déjà remplie? 拉 佛哇丟悠喝 耶 得家 烘撲梨
B: 是的。	Oui. 烏衣
A: 那表示我還車時，也要把油加滿？	C'est-à-dire que je dois faire le plein avant de vous la ramener? 斯耶衣搭衣地衣喝 哥 惹 ㄉㄨ啊ˊ 肥喝 了 撲累 ㄋ 阿風 的 夫 啦 哈麼餒
B: 沒錯。	Bien entendu. 逼淹 翁冬丟悠
A: 這輛車加的是什麼油？	Quel type d'essence consomme t-elle? 給了 敵撲 得松司 公瘦麼 得了
B: 無鉛汽油。	De l'essence sans plomb. 的 雷松司 松 撲漏麼
A: 我的還車地點是不是在城裡的火車站？	C'est à la gare de la ville que je dois vous remettre la voiture? 些搭 啦 嘎喝 的 拉 佛衣了 哥 惹 大烏啊 夫 喝每 痛喝 拉 佛哇丟悠喝
B: 您可以選擇您方便的地點還車。	Vous pouvez choisir un lieu commode. 夫 不肥 簫季喝 嗯 哩又 勾莫的
A: 停車地點有開閘密碼嗎？	Y a-t-il un code pour le parking? 鴉敵了 嗯 夠的 不喝 了 巴喝根

B: 有的。我待會兒會給您密碼。	Oui. Je vous le donnerai tout à l'heure. 烏衣 惹 夫 了 都呢黑 嘟搭樂喝

好用例句輕鬆學 Exemples

1 我要租一輛車。	Je veux louer une voiture. 惹 佛 爐耶 淤呢 佛哇丟悠喝
2 你們有手排車嗎？	Avez-vous des autos de vitesse? 阿肥衣夫 得揉都 的 佛一得司
3 你們有自排車嗎？	Avez-vous des voitures avec boîte automatique? 阿肥衣夫 得 ㄈ哇ㄉㄩ丶喝 阿費科 ㄅ哇痛 ㄈ一得司 歐都媽迪科
4 手排車和自排車的價錢有差別嗎？	Il y a une différence de prix entre les deux? 一哩牙 淤呢 滴非闌司 的 撲喝衣 翁痛喝 壘 的
5 哪一種比較便宜？	Laquelle est moins chère? 拉給了 耶 棉 穴喝
6 這輛車加的是哪一種油？	Quel type d'essence cette voiture consomme-t'elle? 給了 敵撲 得松司 斯耶痛 ㄈ哇ㄉㄩ丶喝 公瘦麼衣得了
7 我現在就可以把車開走了嗎？	Maintenant, je peux m'en aller avec la voiture? 棉的農 惹 薄 曚娜雷 阿肥科 拉 佛哇丟ˊ喝

單字聯想大會串 Vocabulaire

展示；呈現 *v.*	montrer 矇痛黑
填；加 *v.*	remplir 烘潑粒喝
還；歸還 *v.*	renvoyer/rendre/remettre 烘佛哇葉 / 闐的喝 / 喝妹痛喝

油 *n. f.*	essence 耶送司
無鉛汽油 *n. f.*	essence sans plomb 耶送司 松 潑漏麼
方便的 *a.*	commode 勾莫的
密碼 *n. m.*	code 夠的
停車場 *n. m.*	parking 巴喝更
租 *v.*	louer 爐耶
手排車 *n. m.*	auto de vitesse 歐都 的 佛一得司
自排車 *n. m.*	voiture à boîte automatique 歐都 的 佛一得司 歐都媽地科
國際駕照 *n. m.*	permis de conduire international 揹喝咪 的 公丟ˋ喝 恩得喝娜修納了
保險 *n. f.*	assurance 阿虛槓司
道路地圖 *n. f.*	carte de la route 尬喝痛 的 拉 戶痛
高速公路 *n. f.*	autoroute 歐都戶痛
市中心 *n. m.*	centre ville 松痛喝 佛衣了

單行道 *n. f.*	rue à sens unique 喝ㄩ 阿 松 淤逆科
人行道 *n. m.*	passage clouté 巴撒居 科爐得
醫院 *n. m.*	hôpital 歐逼大了
郵局 *n. f.*	poste 播司痛
東 *n. m.*	est 耶司痛
西 *n. m.*	ouest 為司痛
南 *n. m.*	sud 序的
北 *n. m.*	nord 耨喝的
禁止進入 *n. f.*	entrée interdite 翁痛黑 恩得喝地
26 施工 *n. m. pl.*	travaux 痛哈佛

Unité 5 巴黎地鐵 Métro de Paris MP3-120

好用會話 Conversation

A: 對不起，我該怎麼搭地鐵到凱旋門？	Pardon, quel métro prendre pour aller à l'Arc de Triomphe? 巴喝冬， 給了 梅侯 撲閧的喝 不哈雷 阿 辣喝科的 痛喝用夫

B: 您先搭12號線，再轉搭1號線。	Vous prenez d'abord la ligne douze, puis changez sur la ligne un. 夫 撲喝餒 搭波喝 拉 粒捏 度子 撥ㄩˊ 相揭 徐喝 拉 梨捏 嗯
A: 我是個觀光客，對我來說，有點複雜。	Je suis touriste, c'est un peu compliqué! 惹 司烏衣 嘟喝衣丶司痛 些等 撥ㄜ 公撲哩給
B: 不要擔心，那很簡單！	N'ayez pas peur. C'est très simple! 餒耶 八 ㄅㄜ丶喝 斯耶 痛黑 散ㄅ了
A: 希望我不會迷路。	J'espère que je ne vais pas me perdre 瑞耶司揹喝 哥 惹 呢 肥 拔 麼 被喝的喝
B: 對了。1號線是要往凱旋門的方向才對。	A propos, il faut plutôt prendre la ligne un pour aller à l'Arc de Triomphe. 阿 撲侯波 一了 撲佛綠都 撲鬨的喝 拉 粒捏 嗯 不哈雷 阿 辣喝科 的 痛喝用夫
A: 我記住了。謝謝您這麼熱心幫我。	D'accord. Merci de votre gentillesse. 搭夠喝 每喝席 的 嚷滴葉司

好用例句輕鬆學 Exemples

1 我要一份巴黎地鐵圖。	Je veux une carte du métro de Paris. 惹 佛 淤呢 嘎喝痛 ㄉㄩ 梅痛侯 的 巴喝衣
2 我在地鐵站裡迷路了。	Je me suis perdu dans le métro. 惹 麼 司烏衣 被喝丟悠 冬 了 梅痛侯
3 我不知道怎麼搭地鐵。	Je ne sais pas comment prendre le métro. 惹 呢 些 巴 勾濛 撲鬨的喝 了 梅痛侯
4 你可以教我如何搭地鐵嗎？	Voulez-vous me dire comment prendre le métro? 夫雷衣夫 麼 敵喝 勾矇 撲鬨的喝 了 梅痛侯
5 我應該搭哪一線才能到凱旋門？	Quelle ligne prendre pour aller à l'Arc de Triomphe? 給了 粒捏 撲鬨的喝 不哈雷 阿 辣喝科 的 痛喝用夫

6 我要搭的地鐵應該是往哪一個方向？	Vers quelle direction se trouve le métro? 肥喝 給了 滴黑科兄 色 痛戶佛 了 梅痛侯

單字聯想大會串 Vocabulaire

地鐵 *n. m.*	métro 梅痛候
線；路線 *n. f.*	ligne 粒捏
迷路；遺失 *a.*	perdu 揹喝丟`
地鐵圖 *n. f.*	carte du métro 嘎喝痛 丟 梅痛候
標示；標誌 *n. f.*	marque 罵喝科
公車地鐵月票 *n. f.*	carte orange mensuelle 嘎喝都闐居 矇居耶`了
高速郊外快車 *n. m.*	Réseau Express Régional(RER) 黑揉 耶科司潑黑司 黑機喲納了（耶喝蛾耶喝）
出口 *n. f.*	sortie 搜喝地
入口 *n. f.*	entrée 翁痛黑

Partie IX

從遠方稍來訊息：打電話

Son du loin : Téléphone

看過「艾蜜莉的異想世界」這部電影嗎？裡面有一幕是艾蜜莉將她找到的一個盒子放在電話亭裡，當這個盒子的主人走近電話亭時，亭子裡的電話突然響了起來。在法國，一般公共電話都可以打國際電話，而且每一支公共電話都有一個電話號碼，如果你不想自己付電話錢，你可以請對方回打你所在的這支公共電話給你。

Unité 1 故障查詢 Vérification

MP3-121

好用會話 Conversation

A: 您好。我可以為您服務嗎？	Bonjour. Qu'est-ce qu'il y a pour votre service? 崩入喝 給衣司 刻衣哩牙 不喝 佛痛喝 些喝佛衣司
B: 先生，我剛買了一張你們的國際電話卡，可是它不能用。	Monsieur, j'ai acheté une télécarte internationale chez vous, mais elle ne marche pas. 麼司又 瑞耶 阿噓得 淤呢 得雷尬喝痛 恩得喝娜修納了 靴 付 每 耶了 呢 媽喝噓 吧
A: 讓我幫您查一下。可以告訴我卡片上的數字嗎？	Laissez-moi vérifier. Pouvez-vous me donner le code de la carte? 壘些衣摸哇 非嘻佛一葉 不肥衣夫 麼 都餒 了 夠的 的 拉 嘎喝痛
B: 數字在哪裡？	Où est le code? 烏 耶 了 夠的

A: 就在卡片的右下角，您看到了嗎？	Il se trouve en bas à droite. Vous le voyez? 一了 色 痛戶佛 翁 吧 阿的襪痛 夫 了 佛哇爺
B: 我看到了。數字是：02 84 61 70 23 70	Je le vois, c'est le 02 84 61 70 23 70 惹 了 佛襪 些 了 瑞耶侯.德 餘痛.嘎痛喝 席司.嗯 誰痛.瑞耶侯 德.痛滑. 誰痛.瑞耶侯
A: 請稍待。您剛剛打了十幾通電話。	Un moment. Vous avez téléphoné une dizaine fois. 嗯 麼夢 夫日啊肥 得雷佛餒 淤呢 滴瑞耶ㄦ呢 佛襪
B: 是的，可是都不通。	Oui, mais raté. 烏衣 每 哈得
A: 您是打到台灣嗎？	Vous avez téléphoné à Taïwan? 夫日啊肥 得雷佛餒 阿 待玩
B: 是的，我打回台灣的台北。	Oui, j'ai téléphoné à Taïpei. 烏衣 瑞耶 得雷佛餒 阿 待萬
A: 我查了一下，您的卡片沒問題。您只要不撥區域號碼中的「0」就可以了。	J'ai vérifié, votre télécarte n'a pas de problème. Ne composez pas le"0" de l'indicatif. 瑞耶 非嘻佛一葉 佛痛喝 得雷尬喝痛 拿 巴 的 撲侯累麼 呢 公波瑞耶 巴 了 瑞耶侯 的 連滴嘎地夫
B: 我不太懂，您可以直接告訴我該怎麼撥嗎？	Je ne comprends pas. Pouvez-vous me dire comment composer le numéro? 惹 呢 公撲烘 吧 不肥衣夫 麼 敵喝 勾濛 公波瑞耶 了 女梅侯
A: 好的。根據紀錄，您應該撥：00-886-2-23568912。	Bon. D'après l'enregistrement, vous devez faire le 00-886-2-23568912. 蹦 搭撲黑 龍喝機司痛喝夢 夫 的非 肥喝 了 瑞耶侯.瑞耶侯衣餘痛.餘痛.席司衣的衣的.痛滑.三科.席司.餘痛.呢夫.嗯.的

好用例句輕鬆學 Exemples

1 我買的國際電話卡不能用。	La télécarte que j'ai achetée ne marche pas. 拉 得雷嘎喝痛 哥 瑞耶 阿噓得 呢 媽喝噓 吧

2 你可以告訴我怎麼使用國際電話卡嗎？	Pouvez-vous me dire comment employer la télécarte internationale? 不肥衣夫 麼 敵喝 勾濛 翁撲拉爺 拉 得雷嘎喝痛 恩得喝娜修納了
3 我要如何打電話回台灣？	Comment dois-je téléphoner à Taïwan? 勾濛 大烏啊衣惹 得雷佛餒 阿 待萬
4 我要打一通對方付費的電話。	Je désire téléphoner de manière à ce que l'interlocuteur paye. 惹 得季喝 得雷佛餒 的 媽泥葉喝 阿 色 哥 連得喝 囉刻悠的喝 揹葉
5 我要如何撥這個電話號碼？	Comment dois-je composer ce numéro? 勾矇 大烏啊衣惹 公波瑞耶 色 女梅候
6 我在法國打境內電話，一定要撥區域號碼嗎？	Si je téléphone à l'intérieur de la France, c'est nécessaire de composer l'indicatif? 西 惹 得雷佛呢 阿 連得嘻又喝 的 拉 夫闌司 些 餒 些誰喝 的 公波瑞耶 連滴嘎敵夫

單字聯想大會串 Vocabulaire

電話卡 *n. f.*	télécarte 得雷尬喝痛
國際電話卡 *n. f.*	télécarte internationale 得雷尬喝痛 恩得喝娜修納了
檢查 *v.*	vérifier/examiner 非嘻佛一葉 / 耶個瑞啊咪內
撥號；打 *v.*	composer 公波瑞耶ˋ
交談者；對話者 *n. m.*	interlocuteur(interlocutrice) 恩得喝囉巜ㄩ的喝（恩得喝囉巜ㄩ痛嘻義司）
手機 *n. m.*	mobile 摸必了

公用電話 *n. m.*	publiphone ㄅㄩㄅ哩否呢
國碼 *n. m.*	code du pays 夠的 丟 被一
區域號碼 *n. m.*	indicatif 恩滴嘎地夫
本地的 *a.*	local 囉尬了
語音 *n. m.*	accueil vocal 阿各一 佛尬了

Unité 2 找朋友 Appeler un ami MP3-122

好用會話 Conversation

A: 喂！您要找誰？	Allô, bonjour. 阿樓 崩入喝
B: 我叫李林，請問約翰在嗎？	C'est Li lin qui parle. Je voudrais parler à John. 些 李林 刻衣 爸喝了 惹 夫的黑 巴喝雷 阿 匠
A: 李林哪！我就是。真高興你來法國。	Li Lin! C'est moi, John! Je suis très content que tu sois arrivé! 李林 些 麼襪 匠 惹 司烏衣 痛黑 公洞 哥 丟耍日啊嘻費
B: 我也是。可惜我們不能碰面。	Moi, aussi. C'est dommage qu'on ne puisse pas se voir.. 摸哇 歐西 些 都罵居 公 呢 撥ㄩ司 巴 色 佛襪喝
A: 是啊！都怪我工作太忙了。	C'est ma faute. Je suis trop occupé. 些 媽 否痛 惹 司烏衣 痛侯 歐刻悠被

B: 你不用太介意了。	Ne t'en fais pas. 呢 冬 非 吧
A: 對了，你玩得如何啊？	A propos, tu t'es bien amusé? 阿 撲侯波 ㄉㄩ 得 逼淹 阿麼ㄩ蕊
B: 太棒了，我看到很多新奇的東西。	Formidable. J'ai vu beaucoup de choses. 佛喝咪搭了 瑞耶 佛ㄩ 波姑 的 秀子
A: 看來你很喜歡我的國家！	Ah, je vois que tu t'y plais bien chez nous! 阿 惹 佛哇 哥 滴 撲累 逼淹 靴 怒
B: 沒錯！這次的收穫太豐富了！	Sans aucun doute! J'ai beaucoup appris cette fois-ci! 松 歐跟 度痛 瑞耶 波姑 阿撲喝衣 些痛 佛哇衣夕

好用例句輕鬆學 Exemples

1 你有空嗎？	Tu es libre? 丟 耶 梨撥喝
2 我們可以一起喝杯咖啡嗎？	Nous pouvons prendre un café ensemble? 奴 不風 撲闐的喝 嗯 嘎非 翁松撥了
3 我們要在哪裡碰面？	On se donne rendez-vous où? 翁 色 都呢 烘得衣夫 無
4 你方便來接我嗎？	ça ne te dérange pas de venir me prendre? 撒 呢 的 得烘居 八 的 ㄈ泥喝 麼 撲紅的喝
5 我玩得很愉快。	Je me suis bien amusé. 惹 麼 司烏衣 逼淹 阿麼ㄩ瑞
6 可惜我們不能碰面。	C'est dommage que nous ne puissions pas nous voir. 些 都罵居 哥 努 呢 撥ㄩ司用 巴 努 佛襪喝

單字聯想大會串 Vocabulaire

打電話 *v.*	téléphoner 得雷佛內
留言 *n. m.*	message 每煞居
答錄機 *n. m.*	répondeur 黑蹦的喝
線路 *n. f.*	ligne 粒揑
占線中 *n. f.*	ligne occupée 粒揑 歐ㄍㄩ被
回電 *v.*	rappeler 哈ㄅ壘

Partie X

做好萬全準備：意外事件

Prendre des précautions: Accident

不論在國內或國外，風險總是無所不在，唯一能做的就是「做好萬全的準備，然後放心的去玩！」所謂「萬全的準備」是指，你可以事先預想遇到一些狀況時的處理方法、有哪些該注意的事項、緊急聯絡電話是多少等，當然保險一定不能少！

Unité 1 交通事故 Accident de la circulation MP3-123

好用會話 Conversation

A: 我的朋友受傷了。打電話叫救護車！	Mon ami s'est blessé. Appelez une ambulance! 矇娜咪 斯耶 ㄅ雷斯耶、 阿ㄅ雷 淤娜ㄅㄩ浪司
B: 沒問題！	Tout de suite! 嘟 的 司烏衣痛
A: 有一輛車撞了我的車，結果逃跑了。	Une voiture a heurté la mienne et l'homme a pris la fuite. 淤呢 佛哇丟悠喝 阿 丟悠喝得 拉 咪燕呢 耶 漏麼 阿 撲喝衣 拉 肺衣痛
B: 您有看到車號嗎？	Vous avez vu le numéro d'immatriculation? 夫瑞啊肥 ㄈㄩ 了 女梅侯 滴媽痛嘻ㄍㄩ拉雄
A: 我慌了，並沒注意到。	J'étais choqué et je n'avais pas fait attention. 瑞耶得 修給 耶 惹 娜非 巴 非 阿冬兄
B: 您的朋友看起來很痛苦！	Votre ami semble beaucoup souffrir! 佛痛哈咪 松撥了 波姑 輸佛喝衣、喝

A: 他說他的手臂很痛！	Il dit qu'il a mal au bras! 一了 敵 刻衣拉 媽囉撥哈
B: 也許是骨折了。	Il y a sûrement une fracture. 一哩鴉 虛喝矇 淤呢 佛哈科丟悠喝
A: 希望救護車趕快到。	Espérons que l'ambulance va arriver très vite. 耶司北紅 哥 龍ㄅㄩ浪司 伐 阿喝衣肥 痛黑 ㄈ一丶痛
B: 您放心，救護車馬上就到了！	Soyez tranquille, l'ambulance arrive tout de suite! 耍耶 痛烘刻衣丶了 龍撥ㄩ浪司 阿喝衣佛 嘟 的 司烏衣痛

好用例句輕鬆學 Exemples

1 您可以幫我打電話叫救護車嗎？	Pouvez-vous appeler une ambulance? 不肥衣夫日啊撥雷 淤龍撥ㄩ浪司
2 您可以幫我打電話給警察嗎？	Pouvez-vous prévenir la police? 不肥衣夫 撲黑佛泥喝 拉 波粒司
3 他的車撞上了我的車。	Sa voiture a heurté la mienne. 灑 佛哇丟悠喝 阿 ㄜ喝得 拉 咪燕呢
4 那個人逃跑了！	L'homme s'est enfuit! 樓麼 些 翁肺衣
5 我記下了車號。	J'ai noté le numéro de cette voiture. 瑞耶 呢得 了 女梅侯 的 些痛 佛哇丟悠喝
6 我好害怕！	J'ai peur! 瑞耶 撥ㄜ丶喝
7 我好擔心！	Je suis inquiet! 惹 司烏衣 恩刻衣葉
8 我的手臂很痛！	J'ai mal au bras! 瑞耶 媽囉 撥哈

單字聯想大會串 Vocabulaire

受傷 *v. pr.*	se blesser 色ㄅ累謝
救護車 *n. f.*	ambulance 翁ㄅㄩ浪司
撞擊 *v.*	heurter ㄜ喝得
逃跑；逃離 *v. pr.*	s'enfuir 松佛ㄩˋ喝
驚慌的 *a.*	choqué 修給
痛苦的；痛的 *a.*	douloureux(douloureuse) 嘟嚕賀（嘟嚕賀子）
骨折 *n. f.*	fracture 佛哈科丟ˋ喝
擔心 *v. pr.*	s'inquièter 三ㄍㄧ耶得
醫院 *n. m.*	hôpital 歐逼大了
醫師 *n. m.*	médecin 梅的散
護士 *n.*	infirmière 恩佛一喝咪葉喝
急診 *n. f.*	urgence 淤喝匠司
診斷 *v.*	ausculter 歐司ㄍㄩ了得

開刀 *n. f.*	opération 歐揹哈兄
住院	entrer à l'hôpital 翁痛黑 阿 囉逼大了
理賠；賠賞 *n. m.*	remboursement 烘不喝司夢
駐法國台北代表處 *n. m.*	Bureau de Représentation de Taipei en France ㄅㄩ侯 的 喝潑黑冗搭兄 的 待沛 翁 夫闃司

Unité 2 生病 Maladie

MP3-124

好用會話 Conversation

A: 您哪裡不舒服？	Où avez-vous mal? 烏 阿肥衣夫 罵了
B: 我想我感冒了。	Je crois que je suis enrhumé. 惹 誇 哥 惹 司烏衣 翁喝ㄩ妹
A: 會咳嗽嗎？	Vous toussez? 夫 嘟誰
B: 昨天晚上咳得很嚴重。	J'ai beaucoup toussé hier soir. 瑞耶 波姑 嘟斯葉 一耶喝 耍喝
A: 會流鼻水嗎？	Le nez coule? 了 餒 古了
B: 有一點。	Un peu. 嗯 撥ㄜ
A: 喉嚨會痛嗎？	Avez-vous mal à la gorge? 阿肥衣夫 媽拉 拉 個候居
B: 喉嚨很痛！	Oui, très mal! 烏衣 痛黑 罵了

A: 請張開嘴巴讓我看您的喉嚨。	Ouvrez la bouche et faites-moi voir! 烏佛黑 拉 布噓 耶 肥痛衣摸哇 佛哇喝
B: 是不是發炎了？	C'est une inflammation? 誰丟呢 恩佛拉媽雄
A: 是有一點。我再幫您量一下體溫。	Oui, mais ce n'est pas grave. Je vais prendre votre température. 烏衣 每 色 餒 巴 個哈佛 惹 肥 撲闊的喝 佛痛喝 冬揹哈丟悠喝
B: 有發燒嗎？	J'ai de la fièvre? 瑞耶 的 拉 佛一葉佛喝
A: 沒有。我現在開給您一張處方簽。	Non. Je vous donne une ordonnance. 弄 惹 夫 都呢 淤呢喝都弄司
B: 謝謝您，醫師。	Merci, docteur. 每喝西 都科的喝

好用例句輕鬆學 Exemples

1 我覺得很不舒服！	Je me sens très mal. 惹 麼 松 痛黑 罵了
2 我有點想吐！	J'ai la nausée. 瑞耶 拉 呢瑞
3 我的頭很痛！	J'ai mal à la tête! 瑞耶 媽拉 拉 得痛
4 我有一點咳嗽。	Je tousse. 惹 度司
5 我會輕微流鼻水。	J'ai le nez qui coule. 瑞耶 了 餒 刻衣 固了
6 我發燒了。	J'ai de la fièvre. 瑞耶 的 拉 佛一葉佛喝

單字聯想大會串 Vocabulaire

中文	詞性	Français	發音
肚子痛	*loc.*	mal au ventre	媽囉飯痛喝
眼睛痛	*loc.*	mal aux yeux	媽囉機又
手痛	*loc.*	mal à la main	媽拉 拉 面
腳痛	*loc.*	mal au pied	媽囉披葉
牙痛	*loc.*	mal aux dents	媽囉 洞
生理痛	*loc.*	douleurs menstruelles	嘟樂喝 崩冬 拉 揹嘻又的 得 黑個了
頭痛		mal à la tête	媽拉 拉 得痛
拉肚子	*n. f.*	diarrhée	滴阿黑
嘔吐；想吐	*v.*	avoir la nausée/vomir	阿佛襪喝 拉 ㄋㄡ瑞 / 佛喝密喝
虛弱的	*a.*	faible	費ㄅ了
發冷		avoir froid	阿佛哇喝 佛畫
發熱		avoir de la fièvre	阿佛哇喝 的 拉 佛一葉佛喝
忽冷忽熱		tantôt froid tantôt chaud	冬都 佛畫 冬都 秀

發麻 *a.*	engourdi 翁姑喝地

Unité 3 受傷 Etre blessé

MP3-125

好用會話 Conversation

A: 醫生，我撞到了頭部。	Docteur, je me suis cogné la tête. 都科的喝 惹 麼 司烏衣 勾捏 拉 得痛
B: 傷口有點深。	Vous avez là une grosse plaie! 夫日啊肥 淤呢 個候司 撲累
A: 要不要縫？	Il faut faire une suture? 一了 佛 肥喝 淤呢 虛ㄉㄩˋ喝
B: 大概要縫個5針。	Peut-être une suture de cinq points d'aiguille. 撥ㄜ得痛喝 淤呢 虛丟悠喝 的 三科 奔 得刻衣ˋ
A: 我很害怕！	J'ai peur! 瑞耶 撥ㄜˋ喝
B: 不用擔心，放輕鬆。	N'ayez pas peur! Détendez-vous. 餒耶 巴 撥ㄜˋ喝 得冬得衣付
A: 真的不嚴重嗎？	Ce n'est vraiment pas grave? 色 餒 佛黑矇 巴 個哈佛
B: 放心，我會好好幫您處理傷口的。	Soyez tranquille, je vais vous traiter avec soin. 耍耶 痛烘ㄍㄧˋ了 惹 肥 夫 痛黑得 阿肥科 算
A: 我還是很害怕！	Mais, j'ai toujours peur! 每 瑞耶 嘟如喝 撥ㄜˋ喝
B: 不要害怕，放輕鬆。	N'ayez aucune crainte! Détendez-vous! 餒耶 歐ㄍㄩ呢 科漢痛 得冬得衣付
A: 好的。	D'accord. 搭夠喝

好用例句輕鬆學 Exemples

1 我不小心踢傷了腳指頭。	Je me suis blessé par mégarde à l'orteil. 惹 麼 司ㄨㄧ ㄅ壘斯耶、 拔喝 梅尬喝的 阿 囉喝得ㄧ
2 我的傷口如何？	C'est grave, docteur? 些 個哈佛 都科的喝
3 我的傷口嚴重嗎？	Est-ce grave? 耶司 個哈佛
4 我的傷口一直在流血。	Ma plaie n'arrête pas de saigner. 媽 撲累 娜黑痛 巴 的 些捏
5 我很害怕打針。	J'ai vraiment peur de faire une piqûre. 瑞耶 夫黑矇 撥ㄜ、喝 的 肥喝 淤呢 逼刻悠、喝
6 我需要住院嗎？	Je dois rester à l'hôpital? 惹 大烏啊黑司得 阿 囉逼答了
7 我該注意什麼呢？	Que dois-je prendre comme précaution? 哥 ㄉㄨ啊ˊ衣惹 撲鬨的喝 勾麼 撲黑勾雄

單字聯想大會串 Vocabulaire

撞到 *v. pr.*	se heurter 色 ㄜ喝得
傷口 *n. f.*	plaie 潑累
縫 *n. f.*	suture 虛丟ˋ喝
頭 *n. f.*	tête 得痛
臉 *n. m.*	visage 佛ㄧ炸居

眼睛 *n. m.(pl.)*	œil(yeux) 餓一（又）
鼻子 *n. m.*	nez 內
耳朵 *n. f.*	oreille 歐黑一
嘴巴 *n. f.*	bouche 布噓
牙齒 *n. f.*	dent 洞
脖子 *n. m.*	cou 固
肩膀 *n. f.*	épaule 耶播了
手臂 *n. m.*	bras ㄅ哈
手 *n. f.*	main 面
腰部 *n. f. pl*	hanche 甕噓
腿 *n. f.*	jambe 匠ㄅ
腳 *n. m.*	pied 披葉
腳指頭 *n. m.*	orteil 歐喝得一

Unité 4 搶劫 Vol

MP3-126

好用會話 Conversation

A: 警察先生，我的皮包被搶了！	Monsieur, on a volé mon sac! 麼司又 翁拿 佛雷 矇 煞科
B:你還好嗎？	Est-ce que vous allez bien? 耶司 個 夫日啊雷 逼燕
A: 我沒受傷，只是一些重要的東西被搶了。	Je n'ai rien de cassé, mais mes objets de valeur ont disparu. 惹 餒 喝燕的 嘎斯耶丶 每 每揉ㄅ揭 的 發樂喝 翁 滴司八喝ㄩ
B: 您有哪些東西不見了？	Qu'est-ce que vous avez perdu? 給司 個 夫日啊肥 掯喝丟悠
A: 兩張信用卡，還有約100美元的旅行支票。	Deux cartes de crédit et un chèque de voyage de mille dollars. 的 尬喝痛 的 科黑滴 耶等 穴科 的 佛哇訝居 的 迷了 都辣喝
B: 您有遺失其他重要證件嗎？	Vous avez perdu d'autres papiers? 夫日啊肥 掯喝丟 都痛喝 巴披爺
A: 很幸運的，我的證件都還在！	Heureusement que mes papiers sont là. ㄜ喝子矇 個 每 巴披耶 松 啦
B: 我已經把您的資料記錄下來。	J'ai déjà noté votre déposition. 瑞耶 得家 呢得 佛痛喝 得波機兄
A: 可能找回來嗎？	C'est possible de les retrouver? 些 波席撥了 的 壘 喝痛戶肥
B: 我們會盡力。	Nous allons faire de notre mieux. 努瑞啊龍 肥喝 的 ㄋㄡ痛喝 咪又
A: 還好我已經辦好掛失手續了。	Heureusement que j'ai déjà déclaré à la police. ㄜ喝子矇 個 瑞耶 得家 得科拉黑 阿 拉 波粒司

好用例句輕鬆學 Exemples

1 救命啊！	Au secours! 歐 色固喝
2 搶劫！	Au voleur! 歐 否樂喝
3 抓住他！	Arrêtez cet homme! 阿黑得 些豆麼
4 別跑！	Arrêtez! 阿黑得
5 住手！	Arrêtez! 阿黑得
6 我的護照被偷了！	On a volé mon passeport! 翁拿 否雷 矇 拔司播喝
7 我的護照不見了！	J'ai perdu mon passeport! 瑞耶 揹喝丟 矇 巴司播喝
8 有人偷我的東西！	Quelqu'un m'a volé! 給了跟 媽 否累

單字聯想大會串 Vocabulaire

搶劫 *n. m.*	vol 否了
被搶；被偷 *a.*	volé 否累
銀行 *n. f.*	banque 蹦科
掛失 *loc.*	déclarer un vol 得科拉黑 嗯 否了
止付 *n. m.*	refus d'acceptation 喝佛ㄩ 搭些潑搭兄

Partie XI

我要回家了！回程

Je vais rentrer. Bon retour!

只要是搭飛機，不論是起程或回程，都要再確認機位一次。如果你是自助旅行，你可以透過當地的旅行社幫你確認機位，不過會斟收一些手續費，要事先問清楚；另外，當然就是由自己直接打電話和航空公司確認了。

Unité 1 確定機位 Confirmer le billet

MP3-127

好用會話 Conversation

A: 法國航空公司，您好。	Air France, bonjour! 耶喝 夫闐司 崩入喝
B: 您好，我想要確定回程機位。	Bonjour. Je voudrais confirmer mon billet de retour. 崩入喝 惹 夫的黑 公佛一喝梅 矇 逼耶 的 喝度喝
A: 好的，請問您貴姓大名？	Votre nom, s'il vous plaît? 佛痛喝 農 西了 夫 撲累
B: 我叫李林。	Li Lin. 李林
A: 李先生，可以給我您的護照號碼嗎？	Votre numéro de passeport, s'il vous plaît. 佛痛喝 女梅侯 的 巴司播喝 西了 夫 撲累
B: 我的護照號碼是：N221132508。	C'est le N221132508. 些 了 耶呢 的.的.嗯.嗯.痛滑.的.傘科.瑞耶侯.遇痛
A: 那班機號碼和日期呢？	Le vol et la date? 了 否了 耶 拉 答痛

B: 法國航空206號班機，5月30日。	Le vol 206 et c'est le trente mai. 了 佛了 的.瑞耶侯.夕司 耶 些 了 痛鬩痛 妹
A: 是巴黎飛往台北的嗎？	C'est le vol Paris-Taïpei? 些 了 否了 巴喝衣衣待北
B: 是的。	Exactement. 耶個日啊科的夢
A: 就您一個人？	Une personne? 淤呢 揹喝熟呢
B: 是的，就我一個。	Oui, une personne. 烏衣 淤呢 揹喝瘦呢
A: 好啦，您的機位已經確認完成。	Bon, c'est fait. 蹦 些 費
B: 謝謝。	Merci. 每喝西

好用例句輕鬆學 Exemples

1 我應該多久以前要確認回程的機位？	Combien de jours à l'avance je dois faire la confirmation? 公逼淹 的 入喝 阿 拉縫司 惹 大烏啊 肥喝 拉 公佛一喝媽兒
2 我的班機號碼是206號。	J'ai confirmé pour le vol 206. 瑞耶 公佛一喝梅 不喝 了 佛了 的.瑞耶侯.夕司
3 我搭乘的日期是5月30日。	Je vais partir le cinq mai. 惹 肥 巴喝弟喝 了 三科 妹
4 我搭乘的是巴黎飛往台北的法國航空班機。	Je vais prendre le vol Paris-Taïpei d'Air France. 惹 肥 撲鬩的喝 了 佛了 巴喝衣衣待背 得喝 夫鬩司
5 我應該多久以前要抵達機場？	Combien d'heures à l'avance je dois arriver à l'aéroport? 公逼淹 的喝 阿 拉縫司 惹 大烏啊喳嘻肥 阿 拉耶侯播喝

6 我只有一個人。	Je suis seul. 惹 司烏衣 色了

單字聯想大會串 Vocabulaire

事先；預先	à l'avance 阿 拉縫司
確認 *v.*	confirmer 公佛一喝妹
再確認 *v.*	reconfirmer 喝佛一喝妹
搭乘 *v.*	prendre 潑鬨的喝
早上的班機 *n. m.*	vol du matin 佛了 丟 媽店
下午的班機 *n. m.*	vol de l'après-midi 佛了 的 拉潑黑衣咪滴
晚上的班機 *n. m.*	vol du soir 佛了 丟 耍喝

Unité 2 改班機 Modification du vol

MP3-128

好用會話 Conversation

A: 先生您好，我想要更改回程班機。	Bonjour, monsieur. Je voudrais modifier mon billet de retour. 崩入喝 麼司又 惹 夫的黑 麼滴佛一耶 朦 逼耶 的 喝度喝
B: 請問您的大名？	Votre nom, s'il vous plaît? 佛痛喝 哢 西了 夫 撲累
A: 我叫李林。	Li Lin. 李林

B: 李先生，麻煩給我您的護照號碼、班機號碼和日期？	Donnez-moi le numéro de votre passeport, s'il vous plaît, Monsieur Li. 都餒衣摸哇 了 女梅侯 的 佛痛喝 巴司波喝 西了夫 撲雷 麼司又 李
A: 我的護照號碼是：N221132508。	Le numéro de mon passeport est le N221132508. 了 女梅侯 的 矇 巴司波喝 耶 了 耶呢的.嗯.的.嗯.嘎痛喝.痛滑.傘科.瑞耶侯.遇痛
B: 請問您要怎麼修改行程？	Que voulez-vous modifier? 哥 夫雷衣夫 麼滴佛一葉
A: 我希望可以在5月25日回台灣。	Je souhaite rentrer le 25 mai à Taïwan. 惹 輸為痛 烘痛黑 了 翻散科 妹 阿 待萬
B: 5月25日上午正好有一班飛往台北的班機。可以嗎？	Il y a justement un vol le matin du 25 mai. Cela vous convient? 一哩鴉 居司的矇 嗯 佛了 了 媽店 ㄉㄩ 翻傘科 妹色啦 夫 公ㄈ一顏
A: 請問是上午幾點？	A quelle heure, s'il vous plaît? 阿 給樂喝 西了 夫 撲累
B: 起飛時間是上午11點。	A onze heures. 阿 翁熱喝
A: 太好了，正合我意！	Très bien. C'est parfait! 痛黑 逼燕 些 巴喝非

好用例句輕鬆學 Exemples

1 我想要更改班機日期。	Je voudrais modifier la date de mon départ. 惹 夫的黑 麼滴佛一耶 拉 大痛 的 矇 得爸喝
2 我想要延後回程的日期。	Je voudrais différer mon départ. 惹 夫的黑 滴非黑 矇 得爸喝
3 我想要提前回程的日期。	Je voudrais avancer la date de mon départ. 惹 夫的黑 阿風誰 拉 大痛 的 矇 得爸喝
4 我要排補位。	Je suis en liste d'attente. 惹 司冗 梨司痛 搭冬痛

5 有可能等到補位嗎？	C'est possible d'avoir une place? 些 波席撥了 搭佛哇喝 淤呢 撲拉司
6 你可以幫我查一下嗎？	Vous pouvez vérifier? 夫 不肥 非嘻佛一爺

單字聯想大會串 Vocabulaire

更改 *v.*	modifier 摸滴佛一葉
希望 *v.*	souhaiter 輸為痛
完美的 *a.*	parfait 巴喝非
延後；延期 *v.*	différer/retarder 滴非黑 / 喝搭喝得
提前 *v.*	avancer/anticiper 阿風謝 / 翁滴西被
補位 *n. f.*	liste d'attente 粒司痛 搭洞痛

附錄
遊法玩樂大補帖

Annexe: Complémentaire

Annexe 1 法語必備用語 Formules indispensables MP3-129

1 禮貌用語 Formule de politesse

你好！	Bonjour!(Salut!) 崩入喝（撒綠）
你好嗎？	Comment allez-vous? 勾濛搭雷衣扶
早安！（午安！）	Bonjour! 崩入喝
晚安！	Bonsoir! 崩刷喝
晚安（就寢前）	Bonne nuit! 波呢 女一
謝謝！	Merci! 每喝西
對不起！	Pardon! 巴喝冬
不客氣！	Je vous en prie! 惹 夫冗 潑喝衣
沒關係！	De rien. 的 喝燕

麻煩您了。	Merci de votre aide. 梅喝西 的 佛痛喝黑了
你可以幫我一下嗎？	Je peux vous demander un service? 惹 ㄅㄜ 夫 的矇得 嗯 些喝佛衣司
對不起，打擾你了！	Excusez-moi de vous avoir dérangé! 耶科司ㄍㄩ蕊麼哇 的 夫撒佛哇喝 得烘介
很高興認識你！	Enchanté de faire votre connaissance! 翁香得 的 肥喝 佛痛喝 勾餒送司
再見！	Au revoir! 歐喝佛襪

2 稱呼語 Appellations

先生	Monsieur 麼司又
小姐	Mademoiselle 媽的麼哇瑞耶ˋ了
夫人；女士	Madame 媽大麼

3 數字 Chiffres

一 *n. m./m. f.*	un/une 嗯
二 *n. m.*	deux 的
三 *n. m.*	trois 痛畫
四 *n. m.*	quatre 尬痛喝

五 *n. m.*	cinq 散科
六 *n. m.*	six 夕司
七 *n. m.*	sept 謝痛
八 *n. m.*	huit 遇痛
九 *n. m.*	neuf ㄋㄜˋ夫
十 *n. m.*	dix 地司
十一 *n. m.*	onze 甕子
十二 *n. m.*	douze 度子
十三 *n. m.*	treize 痛黑子
十四 *n. m.*	quatorze 嘎豆子
十五 *n. m.*	quinze 幹子
十六 *n. m.*	seize 謝子
十七 *n. m.*	dix-sept 滴衣謝痛

十八 *n. m.*	dix-huit 滴瑞痛
十九 *n. m.*	dix-neuf 滴司衣ㄋㄜˋ夫
二十 *n. m.*	vingt 飯

4 時間 Temps

今天 *adv.*	aujourd'hui 歐如喝丟ˋ
昨天 *adv.*	hier 一葉喝
明天 *adv.*	demain 的面
後天 *adv.*	après-demain 阿潑黑衣的面
早上 *n. m.*	matin 媽店
中午 *n. m.*	midi 咪滴
下午 *n. m.*	après-midi 阿潑黑衣咪滴
傍晚 *n. m.*	soir 刷喝
晚上 *n. f.*	nuit ㄆㄧ
年 *n. f./n. m.*	année/an 阿內 / 甕

日 *n. m.*	jour 入喝
月 *n. m.*	mois 麼哇
小時 *n. f.*	heure 餓喝
分 *n. f.*	minute 咪女痛
秒 *n. f.*	seconde 色共的

5 星期 Semaine

星期日 *n. m.*	dimanche 滴夢噓
星期一 *n. m.*	lundi ㄌㄣ滴
星期二 *n. m.*	mardi 媽喝滴
星期三 *n. m.*	mercredi 梅科喝滴
星期四 *n. m.*	jeudi 糾滴
星期五 *n. m.*	vendredi 風的喝滴
星期六 *n. m.*	samedi 撒麼滴

6 四季 Saisons

中文	詞性	法文	發音
春	*n. m.*	printemps	潑鬨冬
夏	*n. m.*	été	耶得
秋	*n. m.*	automne	歐豆呢
冬	*n. m.*	hiver	一費喝

7 月份 Mois

中文	詞性	法文	發音
一月	*n. m.*	janvier	嚷佛一葉
二月	*n. m.*	février	非佛喝衣葉
三月	*n. m.*	mars	罵喝司
四月	*n. m.*	avril	阿佛嘻義了
五月	*n. m.*	mai	妹
六月	*n. m.*	juin	瑞ㄋ
七月	*n. m.*	juillet	瑞ㄩ葉
八月	*n. m.*	août	誤痛

九月 *n. m.*	septembre 些潑洞ㄅ喝
十月 *n. m.*	octobre 歐科豆ㄅ喝
十一月 *n. m.*	novembre ㄋㄡ縫ㄅ喝
十二月 *n. m.*	décembre 得松ㄅ喝

Annexe 2 法國美食必備單字 Vocabulaire gastronomique MP3-130

1 奶類製品 Produits laitiers

牛奶 *n. m.*	lait 累
奶油 *n. f.*	crème 科黑麼
起司 *n. m.*	fromage 夫侯罵居
優格 *n. m.*	yaourt 鴉誤喝
冰淇淋 *n. f.*	glace 個辣司

2 蔬菜 Légumes

蕃茄 *n. f.*	tomate 都罵痛
馬鈴薯 *n. f.*	pomme de terre 波麼 的 得喝

胡蘿蔔 *n. f.*
carotte
嘎候痛

蘑菇 *n. m.*
champignon
香逼ㄋ用

青椒 *n. m.*
poivron
ㄅ哇佛闃

蔥 *n. f.*
ciboule
西布了

白菜 *n. m.*
chou
速

豌豆 *n. m.*
poids
ㄅ襪

菜豆 *n. m.*
haricot
阿喝衣夠

沙拉；生菜 *n. f.*
salade
撒辣的

3 水果 Fruits

葡萄 *n. m.*
raisin
黑任

柳丁 *n. f.*
orange
歐闃居

酪梨 *n. m.*
avocat
阿佛嘎

香蕉 *n. f.*
banane
巴那呢

蘋果 *n. f.*
pomme
播麼

西瓜 *n. f.*	pastèque 巴司得科
草莓 *n. f.*	fraise 夫黑子

4 魚、肉、蛋類 Poissons, viandes et œufs

雞肉 *n. m.*	poulet 不累
豬肉 *n. m.*	porc 播喝科
羊肉 *n. m./n. m.*	mouton/agneau 木洞 / 阿拗
兔肉 *n. m.*	lapin 拉笨
牛肉 *n. m./n. m.*	bœuf/veau ㄅㄜˋ夫 / 否
臘腸 *n. f.*	saucisse 搜夕司
蛋 *n. m.*	œuf 餓夫
魚 *n. f.*	poisson ㄅ哇松

5 五穀類 Céréales

米 *n. m.*	riz 嘻義
麵包 *n. m.*	pain 笨

牛角麵包（可頌） *n. m.*	croissant 跨喝送
蛋糕 *n. m.*	gâteau 嘎都
巧克力 *n. m.*	chocolat 修勾啦

6 飲料 Boisson

水 *n. f.*	eau 歐
礦泉水 *n. f.*	eau minérale 歐 咪餒哈了
果汁 *n. m.*	jus de fruit 居 的 夫喝ㄩˋ
紅酒 *n. m.*	vin rouge 翻 戶居
玫瑰紅酒 *n. m.*	vin rosé 翻 侯瑞耶ˋ
白酒 *n. m.*	vin blanc 翻 ㄅ龍
香檳 *n. m.*	champagne 香爸捏
啤酒 *n. f.*	bière 逼葉喝

第一次學法語，超簡單！-精修版

編著／林曉葳
審訂／Andre Martin
責任編輯／Mary Wang
封面設計／李秀英
內文排版／Lin Lin House
出版者／哈福企業有限公司
地址／新北市板橋區五權街16 號 1 樓
電話／ (02) 2808-4587
傳真／ (02) 2808-6545
郵政劃撥／ 31598840
戶名／哈福企業有限公司
出版日期／ 2022 年 9 月
定價／ NT$ 399 元（附MP3）
港幣定價／ 133 元（附MP3）
封面內文圖/ 取材自Shutterstock

全球華文國際市場總代理／采舍國際有限公司
地址／新北市中和區中山路2段366巷10號3樓
電話／(02) 8245-8786 傳真／(02) 8245-8718
網址／www.silkbook.com 新絲路華文網

香港澳門總經銷／和平圖書有限公司
地址／香港柴灣嘉業街12 號百樂門大廈17 樓
電話／ (852) 2804-6687
傳真／ (852) 2804-6409

email ／ welike8686@Gmail.com
網址／ Haa-net.com
facebook ／ Haa-net 哈福網路商城

Copyright © 2022 HAFU Co., Ltd.
Original Copyright © 3S Culture Co., Ltd.
All Right Reserved.
*本書提及的註冊商標屬於登記註冊公司所有，特此聲明，謹此致謝！
著作權所有　翻印必究
如有破損或裝訂缺頁，請寄回本公司更換
電子書格式：PDF

國家圖書館出版品預行編目資料

第一次學法語,超簡單!/林曉葳編著. -- 增訂1版. --
新北市：哈福企業有限公司, 2022.09
面；　公分. -- (法語系列；16)
ISBN 978-626-96215-6-9(平裝附光碟片)
1.CST: 法語 2.CST: 讀本
804.58　　111014241